スティーヴン・コンコリー/著
熊谷千寿/訳

●●

救出(上)
The Rescue

扶桑社ミステリー
1663

わたしの執筆の心であり魂である――コーシャ、マシュウ、ソフィアへ

救出（上）

登場人物

ライアン・デッカー ――――――元海兵隊員。人質救出を専門とするワールド・リカバリー・グループ(WRG)の創設者

ハーロウ・マッケンジー ――――私立探偵

ソフィー ―――――――――――ハーロウの親友かつ同僚

ケイティ ―――――――――――ハーロウのアシスタント

ジョシュア・ケラー ――――――ハーロウの機密情報隔離(SCIF)チームスタッフ

ブラッド・ピアース――――――WRGの主要メンバー。戦術作戦チーム幹部

マーガレット・スティール ――上院議員

メガン・スティール―――――マーガレットの娘

ジョーゼフ・リーヴズ ―――FBI特別捜査管理官

マット・キンケイド ―――――FBI特別捜査官。リーヴズの部下

ジェイコブ・ハーコート ――――軍事請負会社イージス・グローバルCEO

ジェラルド・フリスト ――――上院議員

ヴィクトル・ペンキン ――――ロサンゼルスにおけるロシアン・マフィアの顔役

ガンサー・ロス ―――――――CIA出身の傭兵

ライリー ――――――――――デッカーの娘

第一部

1

ライアン・デッカーはくたびれて湿ったハンドタオルで顔の汗をぬぐった。むだだと知りつつ、しばらくしてまたくり返す。じめじめしたモーテルの部屋の室温は三〇度を超えていた。がたがたと音を立てるエアコンは、デッカーのチームメイトたちや、テーブル上にひしめくタワー型コンピュータが発する熱気には対抗できていなかった。ラ・ハシンタ・インでの二日間の滞在がもうすぐ終わるのはありがたかった。不測の問題が起こらないかぎり、十分もしないうちに帰り支度ができるはずだ。二十分以内にはここを退去できる。

「亡霊《ゴースト》が統制線C《チャーリー》を越えた」とチーム・ナンバー2のブラッド・ピアースがいった。

「ペースを上げる必要があるといってやれ」とデッカーは命じた。「〝幽霊《スペクター》〟は一分まえに〝チャーリー〟を越えているぞ」

「〝ゴースト〟もわかってやってるはずだ」

「それはそうだ」デッカーはフラットスクリーン・モニタで〝ゴースト〟の位置をたしかめながらいった。

五人からなるベテラン人質救出チーム〝ゴースト〟は、ターゲットの家の北側に位置する降車地点からいくつか丘陵《きゅうりょう》や峡谷《きょうこく》を越えるという、きつい方のルートをたどっていた。丘陵地の鬱蒼《うっそう》とした茂みやまばらに生えた木々がカモフラージュになるから、〝スペクター〟よりもブラトヴァの〝集配送センター〟に接近することができる。一方の〝スペクター〟は、さえぎるもののない砂地を百メートルほど横切らなければ、その家にたどり着けない。

〝スペクター〟は直接行動急襲チームで、〝ゴースト〟のためにターゲット周辺の進入路を確保し、さらに内部の障害を排除するのが任務だ。元SWAT隊員と元特殊部隊員六人からなる〝スペクター〟は、南側からターゲットに近づき、三人ずつ二手に分かれて反対側から家に侵入する。〝ゴースト〟はそのすぐあとに、抵抗の少ない側から侵入し、人質救出任務を遂行する。

デッカーは今回の人質救出チームの編成にあたり、人づてでしか連絡できない、〝激しい妨害が予想される資産《アセット》奪還〟に特化した外部組織から、メンバーを募っていた。内部の人質救出チームも第一級だったが、この作戦のために特別に雇った男女は、人質救出において他に類を見ないほど優れていた。有力なアメリカ上院議員の娘の命がかかっているのだから、経費や労力をけちることはない。

　戦術作戦調整リーダーであるデボラ・ペインが画面から目を離さずにいった。「〝スペクター〟の報告では、屋内にはっきりわかる動きはないとのことです。明かりもありません」

「赤外線感知《サーマルイメージング》は？」とデッカーは訊《き》いた。

「感知なし」

　いやな予感がした。午前二時とはいえ、何人かは警備にあたっているはずだし、さっき長距離監視チームから入った最新の報告と食いちがっているからなおさらだ。午前中、十五人の幼い子供や十代《ティーンエイジャー》の子供がその家に移されたということだったが。当初は昨晩のうちに作戦にとりかかる計画だった――が、ほかにも子供たちがそこへ移されている途中だということがわかり、作戦開始を二十四時間遅らせたのだった。その子たちをロシア系犯罪組織の手に残しておくわけにはいかない。

　リヴァーサイド郡の人里離れた住宅が、ブラトヴァによってロサンゼルス大都市圏から拉致《らち》された子供たちの集配所とされていた。拉致された子供たちは数日のあいだに身体検査と値付けを経て、さまざまなカテゴリに分類され、ブラトヴァの人身売買ネットワークで配送される。

新たにやって来る〝収穫物〟を救うためにあと一日遅らせても、上院議員の娘なら耐えられるはずだ。

「くそっ」ピアースが毒づいた。「だから待つのは得策じゃないといったんだ。あの家が空っぽだとしたら、作戦は失敗だ」

「空っぽじゃないさ」デッカーは応じた。「三日間、監視チームに見張らせていたんだ。議員の娘はそこにいる」

「いなかったら?」

「こっちの情報がまちがっていたということだ。はなからいなかったということだ」

「情報は正確だ」ピアースはいった。

「なら心配することはなにもない。輸送用のバンで去ったのは運転手と案内役だけだ。いつものように」

「こっちが知っているかぎりではな」

「やつらはこの種の移送を隠したことなど一度もない」デッカーはいった。「まったく、街の真ん中で――しかも、真っ昼間に――やってることも隠そうともしないくらいだ」

「おれはただ、今回はかかっているものが大きいといっているだけだ」

「こういう作戦でかかっているものが大きいのはいつものことだ」デッカーはいった。

「おれのいいたいことはわかるだろう」

デッカーはうなずいた。「ああ。万事うまくいく」

ピアースは納得した顔ではなく、デッカーも心に疑念が射していた。首を振る。そんなはずはない。子供たちはいる。見張りもいる。スティール上院議員の娘もいる。娘がいないとしたら、あの家にいるという情報を受けとったときには、ブラトヴァがとっくによそへ移していたということだ。

スティール上院議員とジェイコブ・ハーコートには、はじめから正直にいっておいた。娘が行方不明になってから時間が経《た》ち過ぎている。ＦＢＩは物的証拠を見つけられず、身代金の要求もない。メガン・スティールを発見する可能性はほとんどない。

ほとんど。

一カ月半にわたる捜索ののち、デッカーのワールド・リカバリー・グループは大当たりを引いた。万にひとつの大当たり。この作戦がブラトヴァにばれたら、またこんな当たりを引く可能性はない。これが上院議員の娘を見つけるラストチャンスだ。

「〝ゴースト〟が最終位置につきました」ペインがいった。

デッカーは深々と息を吸ってゆっくりと吐いた。「ゴーサインを出せ」

「〝スペクター〟、こちら、〝墓石《トゥームストーン》〟。家に侵入せよ。〝ゴースト〟、人質救出局面にはいりしだい報告せよ」

家の裏口にまわる〝スペクター〟のリーダーから送られてくる上下に揺れる映像を、デッカーは見ていた。チームのもう半分は家の正面側にまわった。〝スペクター〟がドアを蝶番《ちょうつがい》から外す少量の爆薬を用意するのに数秒かかった。

「〝スペクター2《ツー》〟爆破準備完了」

「了解。〝スペクター1《ワン》〟、準備完了。爆破に備えて待機する」チーム・リーダーがいった。「ツー、ワン、起爆」

ドアの数カ所に設置された爆弾が同時に閃光《せんこう》を発したのち、小刻みにぶれる映像が続いた。数秒後、映像が安定した。密に集まっている、暗視ゴーグルをつけた救出隊員たちが映像の左隅に現れた。キッチンとリビングルームを兼ねた広い共用エリアの端々にライフルの銃口を向けている。チーム・リーダーのカメラが、家のもう一方の側へ続く、南京錠《なんきんじょう》のついたドアに向けられた。

「なにかがおかしい」ペインがいった。「見張りがいない」

〝スペクター〟の突入が察知されたにちがいない。そうとしか考えられない。そのドアの向こうでなにが見つかるか、いやな予感がした。ピアースが首を振ってなにか聞きとれないことばをつぶやいた。

「〝ゴースト〟を呼びいれ、すぐさま南京錠を破壊しろ」デッカーはいった。

ペインが命令を伝え、ボディアーマーを着けた隊員たちが爆破装置を取りつけるためにドアのまえに集まった。〝ゴースト〟はドアの横の壁際に控え、〝スペクター〟が仕事を終えるのを待っていた。

ピアースがデッカーの肩をたたき、「だれか来た」といった。「〝玄関《フロントドア》〟から、シボレー・サバーバンとリンカーン・タウンカーからなる密な車列がサンタフェからフロリダに折れたとの報告が入った。こちらへ向かっているぞ」

〝フロントドア〟はモーテルの通り向こうにある不動産屋の屋根に配置されたふたり一組の監視チームだった。フロリダ・ストリートとターゲットの家の玄関が見晴らせる位置だ。モーテルの背後にある二階建ての建物の屋根にも別の監視チームが配置され、デッカーの指令センターに近づくものがいないよう見張っていた。

「侵入を遅らせたほうがいいですか？」ペインが訊いた。

「待て、デビー」デッカーはいい、ピアースに顔を向けた。「車列がモーテルの入口に到達するまでどのぐらいかかる?」

「長くて十秒だ。スピードを出してる」

ターゲットの家にいるチームにとっては永遠にも思える時間だろうが、最終決定を下すまえに、モーテルの外にいる車列が何をするつもりなのか、つかむ必要があった。

「ターゲットの家のそばで同様の動きは?」

「ありません」ペインの隣に座っている技術担当者が答えた。「〝グレイブヤード〟から、異常なしとの報告を受けています」

FBIにちがいない。スティールのくだんの特別捜査官に任命されたリーヴズ捜査官は、WRGの関与に最初から反対していて、あからさまな嫌がらせをはじめたため、上院議員が仲裁しなければならなかった。リーヴズはこれ以上ない最悪のタイミングで嫌がらせを再開するのか。

「中止指令がないかぎり、二十秒後に侵入開始と伝えてくれ」デッカーはいった。

「本気でそれが賢明な考えだと思っているのか?」ピアースがいった。

「あの車列からロシア人がわさわさ出てきたら、最悪の事態を想定して救出チームを撤退させる」

「まだ想定してなかったのか――」ピアースがいいかけた。「ちょっと待て。〝裏《バック》口《ドア》〟から報告が入った。重武装の一団がモーテルの裏手に徒歩で接近しているぞ。防弾シールドにはくっきりと〝FBI〟の文字がステンシルされていると」

「リーヴズにちがいない。こんなことをして、上院議員にバッジをとり上げられるぞ」デッカーはつぶやいた。

「どうします？」ペインがいった。

「指令センターは撤収する。指令センターだけだ」デッカーはいった。「〝ゴースト〟に、いますぐドアを破り、人質を救出せよと伝えろ。それから、作戦の指令センターを〝グレイブヤード〟に移す。作戦情報が漏《も》れたと伝えろ」

「了解」ペインがいい、指令を伝えた。

遠くでタイヤのきしむ音がし、窓のブラインドの細い隙間《すきま》から、きらりと光る赤色灯が差し込んだ。

「〝フロントドア〟からだ。重武装の人員が車両から降り、モーテルの入口に向かった。FBIのマークがついているとのことだ」ピアースがいった。「どうする？」

「武器を捨て、両手を上げて出ていく。いますぐ」デッカーはそういうと、秘匿携帯《コンシールド》用のヒップ・ホルスターから拳銃を抜き、ベッドの上に放った。

「監視チームはどうする？」ピアースがいった。

「おそらくすでに配置場所がバレている。スナイパーの照準にとらえられている。両手を上げ、じっとしていろと指示しろ。FBIが来ると伝えろ」

ピアースが指示を伝え、ベッドに放られたデッカーの拳銃の横に自分の拳銃を放った。「なにもかもがおかしい。あの家もおかしいが――今度はこれか？」

ピアースのいうとおりだ。辻褄《つじつま》が合わないが、目下それについてはどうしようもない。ターゲットの家で奇跡が起こるのを祈るしかない。

「〝ゴースト〟から連絡は？」デッカーはいい、ドアノブに手をかけた。

「数秒後にドアを突破します」ペインがいった。

連絡を待ちたかったが、〝ゴースト〟が、モーテルに入ってくるFBIに先んじてあの家に突入しないと面倒なことになる。「ここから先は救出チームにまかせる」デッカーはいった。「みんな武器を捨て、おれのあとから外へ出ろ」

「通信をワイヤレス・イヤフォンに切り替えます」ペインがいい、立ち上がった。

「気づかれなければもうけ物ですし」

「いい考えだ」

全員が武器を捨て、投降する準備ができたと判断すると、デッカーはドアをあけ、両手を上げて雑草のはびこる空っぽの駐車場を見まわした。黒っぽいSUVの赤色灯の光がアーチ型のモーテルの入口を突き抜け、一階の窓に反射している。デッカーは幾分涼しくなった夜気のなかを何歩か進み、顔をうしろに向けて指令チームの全員がついてきているのをたしかめた。モーテルの両側のドアがきしむ音を立ててひらき、モーテル内の警備を担当していたチームも駐車場に出てきた。

デッカーの部下が全員、駐車場の真ん中に両手を頭上高く上げて立っていた。少しすると、ボディアーマーを身に着けた重武装のFBIエージェントの一団が大声で命令を発しながら、駐車場になだれ込んできた。デッカーは指示にしたがい、うつぶせになった——背中で両手を結束バンドで拘束《こうそく》された。顔を横に向けると、ひび割れたアスファルトで頬《ほほ》がこすれた。もう一方の頬にはライフルの銃身が軽く突きつけられている。

「動くな」FBIエージェントがいい、ライフルにとりつけられたフラッシュライトをつけた。

デッカーは目を閉じた。強烈な光を当てられて、あけていられなかった。

近くのエージェントが叫んだ。「こっちだ」さらなる光がまぶたを突き通した。

「ライアン」ペインがそばでささやいた。「通信が途絶えた」

デッカーは顔を振り向けた。「どういう意味だ?」

ライフルの銃身が頭のてっぺんに押しつけられた。「しゃべるな。動くな。最後の警告だ」

「通信がぷつりと途絶えたんです」ペインがいった。

「〝しゃべるな《シャット・アップ》〟のどの単語がわからないんだ?」ペインを見下ろしているエージェントが、ライフルの銃身でペインの頭を押し下げた。

「デッカーはどこだ?」聞き覚えのある声。リーヴズ特別捜査官だ。

だれかが答えるまもなく、舗装《ほそう》面が一度揺れ、モーテルのまわりにいるエージェントのあいだで〝地震だ〟ということばが行き交った。

「皮肉じゃないか!」リーヴズがいった。声からするとすぐそばにいる。「ライアン・デッカーが永久におしまいとなったまさにその瞬間に地震が起こるとはな」

「お探しのことばは〝たまたま〟だと思うが」デッカーがいうと、ライフルの銃身が頬骨に強く押しつけられた。

リーヴズは顔に勝ち誇ったような笑みを貼りつけ、デッカーとペインのあいだにかがんだ。「ここでなにが起きているんだ、ミスター・デッカー?」

「違法なことはなにも」

「それについてはお楽しみだ」リーヴズがいった。「モーテルの部屋のどこかで、カリフォルニア州では合法とされていない火器が見つかるんじゃないか。どんなお歴々の怒りを買うかと思えば、この作戦を本格的な火力で守りたくなるのもわかる」

「ここで怒っているのはそちらだけのようだが。なにが見つかっても、カリフォルニアで合法のものばかりさ」

「まあ、〝方程式〟のそっち半分には興味がない」リーヴズがいった。「知りたいのはもう一方だ」

「もう一方などない。メガン・スティール誘拐《ゆうかい》事件に関して、通常の調査を行っているだけだ」

「役にも立たない手がかりをたどっているだけではないだろう。この近くでなにか大きなことが進んでいるはずだ」

エージェントのひとりが声をあげた。「ここにいる女が、通信が途絶えたとかなんとかいっていましたが」

「だれとの通信だ?」リーヴズがいった。

ペインが皮肉っぽく答えようとしたが、窓を震わせる地響きにさえぎられた。

リーヴズが駐車場を見まわした。「おまえらの仕業《しわざ》じゃないだろうな、デッカー。高性能爆薬はカリフォルニア州の遵法《じゅんぽう》規範からずいぶん外れているぞ」

デッカーはすぐにわかった。〝ターゲットの家に見張りがいない。地上の震動波は音よりも速く伝わる〟。駐車場の揺れから三十秒後、遠くから大きな爆発音が聞こえた。あの家に爆薬がしかけられていたのだ。ロシア人連中は、デッカーたちが来るとわかっていた——チームがヘメットに到着するずっとまえに。

それしか説明のしようがない。だが、なぜチームの侵入と同時にトラック爆弾をモーテルに突っ込ませ、救出作戦全体をつぶさなかった？　すべてはつながっている。つながっているはずだ。しかし、どこがどうつながっている？　ＦＢＩに情報を流したのはロシア人にちがいない。そうなると、また同じ疑問に戻らざるを得ない。どうして一気に全員を吹き飛ばさなかった？

指令チームはなんらかの理由で生かされたという結論に達し、デッカーは眉間《みけん》に皺《しわ》を寄せた。〝ロシア人連中はまだこっちに用がある〟。

2

二年後

デッカーは顎《あご》の片側の濃い無精《ぶしょう》ひげに安っぽい使い捨ての剃刀《かみそり》を走らせ、ぬるま湯で洗った。ジェルの薄膜がなくなるまでくり返すと、肌がなめらかになった。ちょうどシンクの横に剃刀を置いたとき、独房のドアをノックする音がし、移送された理由がなんであれ、規則はまだ適用されるのだと思い出した。デッカーはプラスティックの剃刀を持ってドアのまえへ行き、小さなステンレスのごみ箱に捨てた。ごみ箱のふたがすばやく閉じた。

「着替えろ」インターコム越しに看守が命じた。「連邦保安官がお待ちだ」

デッカーはうなずき、シンクに戻り、顔に残ったジェルを拭《ふ》きとった。鏡のまえで足を止め、見返してくる険しい顔をしばらく見つめた。〝変わらない顔、変わらない男〟。とにかく、鏡を見る気になるたび、そう自分にいい聞かせてはいる。実のところは、変わらぬものはひとつもない——以前に戻ることもない。二年まえ、彼の人生はいきなり終わってしまった。カリフォルニア州ヘメットの小汚いモーテルで。

勲章を授与された元海兵隊員で、無辜《むこ》の子供たちの救世主だったライアン・デッカーは、一夜にして囚人六五八一号になった。作戦を遅らせたという過失により子供たちの命を奪った傭兵《ようへい》になった。さらに悲惨なことに、妻を愛す夫であり、ふたりの子供に愛情を注ぐ父が、妻と子供ひとりを殺されて、男やもめで一児の父という恥さらしになった。新聞ははじめから無慈悲だった。検察側は——最後まで容赦《ようしゃ》なかった。

生き残った娘のライリーでさえ、あんなことになったのは父のせいだからと、縁を切った。とにかくそう聞かされていた。妻の姉はデッカーが逮捕されると、すぐにライリーの養育権を得て、世間から——デッカーから——ライリーを隠した。妻と息子と同じく、娘まで突然デッカーの人生から奪われたのだった。

ライリーにまた会えるなら、声だけでも聞けるなら、なんでもする。ライリーの伯母に途中でとられないように、自分の両親を介して何十通も手紙を送ったが、返事が来たことはなかった。娘がそれを読んでいるかどうかもわからなかった。デッカーの両親が、定期的に許されていた面会でライリーに手紙を手渡していたが、祖父母のまえでライリーが手紙をあけることはなかった。それでもかまわなかった。デッカーは手紙を書きつづけた。いつかライリーの気持ちが変わるかもしれないし、絶対にあきらめないということをライリーに知っておいてもらいたかった。

デッカーはつるつるの顎をこすって目を鏡からそらし、ベッドに適当にたたんで重ねてある私服を見やった。カーキ色のズボン、長袖の青いボタンダウン・シャツ、黒い靴下、茶色のローファー。シャツを持ち上げ、皺だらけなのを見て顔をしかめる。冗談じゃないのか？　裁判所に出廷する衣装として、これがＦＢＩに用意できる精一杯なのか？　まあ、いい。オレンジ色の囚人服《ジャンプスーツ》よりはましだ——かろうじて。

ふつうなら気にもしないことだが、今日はライアン・デッカー個人の問題ではない。もっと大きな問題だ。デッカーを鉄格子の奥にいれることに血道をあげていた男、リーヴズ特別捜査官への嫌悪をいっとき忘れられるほど気になる問題。デッカーがここへいれられることになったのも、その問題のせいだった——無辜の人を守りたいという衝動的な義務感のせいだ。

今日、ソルンツェフスカヤ・ブラトヴァの人身売買犯罪を裁く公判で、同犯罪組織に反対する証言をすることになっていた——少なくとも、デッカーはそう思っていた。司法省はまえ触れなしに、デッカーの身柄を、カリフォルニア州ヴィクターヴィルの連邦刑務所からロサンゼルスのメトロポリタン拘留《こうりゅう》センターに移していた。連邦裁判所から数ブロック離れたところにある拘留センターだ。自分の公判を待つあいだ、何カ月か過ごした場所だったので、よく知った施設だった。そこへ囚人が戻ってくるのは、連邦裁判所の案件で証言するときだけだ。

秘密裡《ひみつり》に移送されたこともその推測を裏付けていた。ブラトヴァを被告とする連邦裁判所の裁判はヘメットの悲劇の六カ月後に本格的にはじまった——何年にもわたってデッカーが集めた膨大かつ詳細な情報のおかげでもあった。憲法修正第四条の証拠基準には達しておらず、デッカーの証言に頼った情報。大変な代償を払ったすえの証言。

連邦刑務所に収監されていた二年あまりのあいだに、デッカーは命を八回狙われ、生き延びていた——ヴィクターヴィルの刑務所長によれば、新記録だという。どうしても証言させたくない連中がいるらしい。ロシア人連中にちがいないとデッカーは思っていた。ブラトヴァがデッカーを消したがっているのはまちがいないが、連邦裁判所のほうも、勝ち戦《いくさ》目前の裁判でへまをするつもりはないのだろう。だからこそ、秘密裡の移送となったわけだ。

デッカーはヴィクターヴィルの保護房にいれられ、その三日後、突如現れた連邦保安官とともにロサンゼルスに直行した。そして、朝の四時ごろに到着して以来、この独房にいる。面会者もなく、歓迎もなかった。連邦保安官たちがそばで待機。朝食には未開封の携帯糧食《MRE》。今日の連邦検事局は、危険を冒すつもりなどさらさらないらしい。

デッカーはジャンプスーツを脱ぎ、鏡に映った筋肉質の上半身をちらりと見た。いくつか指の長さほどの傷痕《きずあと》が走っている。そのひとつひとつが、死と隣り合わせだったデッカーの人生《ストーリー》の異なる章を物語っている。物語全体を知っている人間は、デッカーのほかにひとりだけだ。デッカーのせいですべてを墓まで持っていくことになった女ひとりだけだ。デッカーに関するかぎり、その物語が語られることはない。

着替えを終え、自分の姿を確認する。〝連邦裁判所用のビジネスカジュアル――これまで一週間は同じ服を着ていたが〟。

「これでもましなほうかもな」デッカーはつぶやき、ドアをノックした。「準備できた」

いつもの厳格な口頭指示もなくドアがあいたので、デッカーは身をこわばらせ、反対側の壁に寄り、ドアに背を向けつつペンキを塗ったシンダーブロックに両方の手のひらをつけ、刑務所式の待機姿勢をとった。だが、万が一、彼の命を狙う九度目の攻撃がはじまるかもしれないと思い、敵の機先を制するために顔をドアに向けた。

移送時に見た看守が入口に現れた。「その姿勢をとる必要はない」看守はいい、廊下に出るよう身振りで示した。

この二年ほどで生活に溶け込んでいる厳格な日課を変えるのは気に入らなかった。形式にはめられない行動はまちがっている気がした。

「ほんとうか？」デッカーはいい、手を下ろして振り返った。

「棟長からじかに指示された」看守がいった。「問題を起こしたりはしないだろう？」

デッカーはしないという代わりに首を横に振った。

「だったら、少しぐらい足を動かして、独房から出たらどうだ？」

デッカーはそのことばにしたがい、煌々《こうこう》と照らされた広い廊下に足を踏み出した。看守の背後にひそかに目をやる。ほかにだれもいないのを確認する。廊下の両側に向かい合うドアが五つ並び、前後の突き当たりにはそれぞれ特色のないドアがついている。廊下の出口となっているドアの天井には、ドーム型の監視カメラが設置されている。

「あっちへ行く」看守がいい、デッカーの左手にあるドアを示した。

長々とブザーが鳴り、かちりという音がした。ドアが自動であくと、その先に狭い部屋があり、スーツ姿のよく似たふたりの連邦保安官――独特の五芒星《ごぼうせい》の肩章ですぐにわかる――が立って待っていた。

「ここからはわれわれが連行する」連邦保安官のひとりがいった。

「おまかせしますよ」そういうと、看守は小さな独房棟へ姿を消した。

背後でドアが閉まり、ロックされたあと、連邦保安官の背後のドアのブザーが鳴った。

「準備はいいか、ミスター・デッカー？」上役らしい連邦保安官がいい、丁重に顎を引いた。

〝ミスター・デッカーだと？〟有罪判決を受けて以来、公式に〝被告人〟や〝囚人〟以外の呼び方をされたことはなかった。非公式には、ありとあらゆる蔑称《べっしょう》で呼ばれていた。いくつか聞いたこともないようなものもあった。なにかがおかしい。

「たぶん」デッカーはいった。「どこへ行く？」

「手続きをしに」連邦保安官がいった。「こっちだ」

連邦保安官のあとからドアを抜け、独房棟の管理室に入った。床から天井まで壁で囲まれ、ほかから完全に遮断《しゃだん》できるその部屋で、軍服のようなオリーブドラブの制服を着た拘留センターの看守たちが、分厚い防弾ガラスを隔《へだ》てて座っていた。この八角形の部屋の中央に位置する、頑丈な仕切りに囲まれた持ち場についている看守たちが、独房や保護房への囚人たちの出入りを管理している。この施設でもっとも静かな仕事のひとつなのだろう、とデッカーは思った。

「公判に向けての手続きか?」とデッカーは訊いた。「証言の検証でもするのか?」

連邦保安官はわけがわからないという目をくれた。

「ちがう。釈放《しゃくほう》の手続きだ」連邦保安官がいった。

デッカーはつや光りするコンクリートの床の上で凍りついたようになった。「いってる意味がわからないが」

連邦保安官が肩をすくめた。「おれにわかっているのもそれだけだ。あんたは一時間以内に自由の身になるらしい」

「独房に戻りたいというならべつだが」もうひとりがいい、自分の冗談に声を殺して笑った。

「なにかのまちがいだろう。おれはソルンツェフスカヤ・ブラトヴァの一員に対する連邦裁判所の公判で証言することになっていたはずだ」デッカーはいった。「だから、ここへ連れてこられたんじゃないのか」

「その件は三日まえに取り下げられた」連邦保安官がいった。

「なんだって？　ちょっと待て。どうしてそんなことになった？」

「証拠に不手際があったとか」

インターコムから聞こえてくる退屈声が会話をさえぎった。

「そこを空けていただかないといけません」管理室の看守のひとりがいった。

「繁盛してるのか？」上役の連邦保安官がいい、にやりとした。

「おかしな人だ」看守がいった。「くれぐれもドアにぶつかったりしないように」

管理室のさっきとは反対側のドアのブザーが鳴り、数秒後にドアがあいた。デッカーはいま知ったことを頭のなかで思いめぐらしながらその場にとどまった。結論に達するのに長くはかからなかった。釈放されるのは、まちがいでも偶然でもない。ブラトヴァが長い手をまわし、デッカーを――ロサンゼルスのダウンタウンで――釈放させるように手配したのだ。

「あの男の指示は聞こえたはずだな」連邦保安官がいった。

「わけがわからない」デッカーはいった。「どうしておれはロサンゼルスに連れてこられた？」

「さあな」連邦保安官がいった。忍耐力が底を尽きかけているようだ。「さっさと動いてもらわなければならないのだ、ミスター・デッカー。こっちはあんたを釈放手続きに連れていけといわれているだけだ」

釈放というより処刑というほうが合っている。表に出て三十分も生き延びられたらラッキーなのだろう。

3

デッカーは拘留センターを出て、焼けつくような昼時の陽射《ひざ》しのなかに立ち、予期せぬ成り行きについて考えをめぐらしていた。連邦刑務所からの釈放許可を偽造ともなれば、ロシア人たちはとんでもない額のカネを払ったはずだ。なにがなんでも回収したがる投資だ。眼下の通りに視線を走らせたが、あやしいものはなにも見当たらなかった。意外でもない。ロシア人は頭のいかれた傲慢《ごうまん》な連中かもしれないが、ばかではない。

遠くからこちらの動きをうかがい、より人目につかない時と場所を選んではじめるはずだ。デッカーはそれを利用して敵の裏をかくつもりだった。ロサンゼルスのスキッド・ロウと呼ばれるところまで数街区《ブロック》南へ歩き、仮設テントとホームレスのブロックで姿を消す。その途中、状況が許せば、連邦保安官に勧められたコーヒーショップに寄る。うまいコーヒーが飲めればありがたい。最後の一杯になるかもしれないならなおのこと。

拘留センターの真んまえで撃たれることはないと判断し、デッカーは石段をおりてアラメダ・ストリートに出て、南へ歩き出した。アラメダをイースト・ファースト・ストリートまで行けば、日本風の塔が見えると教えられた。そのあとの説明はさっぱりわからなかった。リトル・トウキョウ端の野外ショッピングプラザに、そのコーヒーショップはあるとの話だった。

みすぼらしい倉庫が何列も建ち並ぶ区域を過ぎて、ファーストとアラメダの交差点に近づくにつれ、活気ある店が増えてきた。これまで歩いてきた人気《ひとけ》のない界隈《かいわい》を肩越しに見る。ブラトヴァにとっては完璧な襲撃場所だ――人に見られることもなく、逃げる場所もない。だが、好機は過ぎた。デッカーは交差点で右に曲がり、赤い塔を見つけた。連中の負けだ。おれはコーヒーを手に入れる。

ファースト・ストリートに入ると人出が増えはじめ、さらに状況をよくする機会がたっぷり増えてきた。デッカーは慎重に犠牲者を選定し、いかにも観光客だとわかる人から、おいしそうにふくらんでいる財布を掏《す》り、通りを渡った。二百ドルと三枚のクレジットカードを抜きとると、ジャパニーズ・ヴィレッジ・プラザの入口の、ごみがあふれているくず入れに財布を押し込み、これからしばらく姿を消す手配をするときに使う携帯電話を探して、昼時のモールの人ごみに飛び込んだ。

肩越しにうしろに目を向けると、交差点からあとをついてきていた灰色のシボレー・サバーバンが通り向かい側にあるプラザの北側入口のまえで停《と》まるのがわかった。ウインドウは濃いスモークガラスだが、なかのようすは見当がついた。ブラトヴァの兵隊がいるのだ。コーヒーはあとまわしだ。デッカーはスキッド・ロウにたどり着くことだけを考え、混み合った野外ショッピングプラザを足早に抜けようとした。

連邦保安官に勧められたカフェのまえをちょうど通りすぎたとき、ウインドウのない白いバンがセカンド・ストリートに入ってくるのが見えた。込み合ったショッピングプラザから抜けるルートがきっちりふさがれた。計画変更。デッカーはきびすを返し、コーヒーショップに向かった。そこならたぶん安全だ――とりあえずは。

スウィートスポット・カフェの重いドアをあけると、挽《ひ》き立てのコーヒー豆の濃厚なアロマに出迎えられた。ここでコーヒーを買い、状況を見積もる。武器を手に入れ、おれの命を狙って送り込まれた連中のひとりだけでも、出し抜いてやれないものか。

デッカーはポケットの薄い札束から一枚の二十ドル札を抜き、それぞれよちよち歩きの娘を連れたふたりの若い女のうしろに並んだ。幼い女の子のひとりが母親の日に焼けた足の陰からのぞき込んできた。そのブロンドの髪と青い目を見て自分の娘を思い出し、デッカーは笑みを浮かべた。だが、その笑みは同じ理由ですぐに消えた。いま娘のことを考えている余裕はない。ふたたび娘に会えるとすれば、ここから生きて脱出するしかない。そのためには全神経を集中させる必要がある。

カフェの窓からバンのようすを確かめた。助手席が空だ。ロシア人のひとりがショッピングプラザにいる。さらに少し首を伸ばしたが、買い物客や観光客でどこにいるかわからない。〝くそ〟。へまもいいところだ。もっとも、人ごみのなかで連中を見つけるのは、それほどむずかしくもなかった。おかしな髪形。やたら場ちがいな服。首や腕の刺青《タトゥー》。八月半ばなのにタートルネック——くだんのタトゥーを隠すため。カウンター席に座り、人ごみに目を凝《こ》らそう。そんなに時間はかからない。

バンが走り去り、すぐさま黒いＳＵＶがそこに停まった。本気でこの場で片をつけるつもりなのかもしれない。デッカーは母親の陰に顔を隠している幼い女の子に再度目を向けた。〝なんてことを考えているんだ？〟デッカーは列を離れた。外に出なければならない。組織の体面をぶち壊してでも、ブラトヴァがおれに死んでほしいのだとしたら、ここにとどまっているかぎり大勢の命が危険にさらされる。

4

交差点の角を曲がりはじめるまえに黄色信号が赤に変わり、ハーロウ・マッケンジーはスピードを上げた。セカンド・ストリートに入ると、できるだけ速く車を走らせつつ、いきなり道路を渡ろうとする不注意な歩行者を轢《ひ》かないように気をつけた。いまもビジネスマン風の集団が飛び出してきた。ハーロウは急ブレーキを踏み、タイヤをきしらせて集団の数十センチ手前でどうにか停まった。

「こいつら、どうして横断歩道を渡らないの？」ハーロウはつぶやいた。

彼らがそのまま通りを渡るかどうか迷っているあいだ、ハーロウはクラクションを鳴らさずにいた。デッカーを狙う車は二台だ。灰色のＳＵＶと白いカーゴバン。こちらが気づかないだけで、もっといるだろう。よけいな人目を惹《ひ》くのはまずいと思い、さっさと渡れとビジネスマンの集団に手を振って合図しつつ、目はその先の道路から離さなかった。カーゴバンがアラメダからセカンド・ストリートへと曲がり、こっちへ向かってくる。

「くそっ！」ハーロウはいい、ハンドルをたたいた。

デッカーがうかうかとこの通りに近づいてきたら、道端の待ち伏せに突っ込んでいくことになるかもしれない。ハーロウはいくつか即興《そっきょう》でプランを練りながら、車のスピードを上げた。車体のきしむ彼女のセダンがバンの数秒先に野外ショッピングプラザの南入口に到達したので、あまりあからさまにならずにプラザを見まわせた。もっとも、このみすぼらしい小さなセダンが二度見されることなどない。

ハーロウはすぐにデッカーの姿を見つけた。プラザに軒《のき》を並べる店のひとつに向かっている。どうやらコーヒーショップのようだ。〝いったいなにを考えているの？〟一カ所にとどまっていられるときじゃないのに。思っていたよりも早く介入する必要がありそうだ。白いバンがショッピングプラザの入口のまえにやってきたとき、ハーロウは猛烈な勢いでアシスタントへのメッセージを打ち込んでいた。目を上げると、車高の高いその車のせいで、コーヒーショップが見えなくなっていた。イヤフォンをつけ、険しい顔をした運転手がハーロウを一瞥《いちべつ》し、通りの前方に目を向けた。

ハーロウは横断歩道を渡る歩行者を縫《ぬ》うように走り、駐車禁止の赤い縁石に沿って車を停めた。レッカー車が来るまえにアシスタントが移動してくれたらいいとは思いつつも、車は使い捨ての道具のひとつだったので、撤去されてもかまわなかった。すべてこれから十分間でどう転ぶかしだいだ。

数秒後には車を降り、のろのろと行き交う車を縫ってすばやく通りを渡った。電話に夢中になっている振りをしながら歩道にたどり着き、リトル・トウキョウの観光客や地元民にまぎれてショッピングプラザに向かった。

敵の目に留《と》まることはない。南カリフォルニア特有の〝トレーニングしているようにも、仕事の用事で外出しているようにも見える〟服装――紫のバックパック、黒いヨガパンツ、体にぴったりしたミドリフトップ、まえをはだけた長袖のトレーニングシャツ――だ。くすんだオリーブ色の野球帽のうしろの穴から、漆黒《しっこく》のポニーテールが垂れている。

ハイキングブーツ、カーゴショーツ、裾《すそ》を出したネイビーのポロシャツといった格《かっ》好《こう》の引き締まった体つきの男が、バンの助手席側ドアから降り、ショッピングプラザの人ごみにまぎれた。悪くない偽装だが、ブーツはいただけない。ハーロウは射手かもしれない男から目を離さずにショッピングプラザに入り、カフェへ向かった。男はゆっくりと人ごみから離れ、ショッピングプラザ内でカフェの反対側にあるベンチへ行くと、年輩のアジア人女性の隣に腰をおろした。

ハーロウは別の方角からカフェへ近づいてくる人々に目を向けた。デッカーがもと来た道を引き返せないように、灰色のSUVから何人かおりたはずだ。だが、連なる赤と白の日本の提灯《ちょうちん》の下を行き交う群衆のなかに、場ちがいに見える男はいなかった。それでなくても危うい状況が、よけいに面倒くさくなった。ハーロウはカフェに目を向け、列に並んでいるデッカーを見つけた。

「無性にコーヒーが飲みたかった」彼女がつぶやいた。「でしょ?」

ハーロウがカフェの前にたどり着くと、デッカーは顔に不安の色を浮かべて列を離れていた。コーヒーを買わないらしい。だれかわからない複数の悪党がショッピングプラザをうろついているのだから、現時点では、あまりいい考えではない。デッカーはやり手だが、そこまでやり手ではない。ここから脱出するには、まちがいなく彼女の助けが必要になる。ハーロウはドアをあけ、デッカーの胸にしっかりと手を置いた。灰色のバンからおりた連中がカフェに近づいてきても、自分がデッカーに触れていることが見えないように、体の位置取りに気をつけた。

デッカーは即座に反応し、ハーロウの手首をつかみ、恐ろしいほどの力を加えてきた。

「手首を折らないで、デッカー」ハーロウは強い口調でいった。「わたしはあなたに残された数少ない味方のひとりよ」

「見覚えがないが。まったくない」ハーロウの目をじっとにらみつつ、デッカーがいった。

ハーロウはためらった。失望の波が押し寄せる。突然現れた女が何者で、自分とどんなつながりがあるか、デッカーは知るはずもないが、それでも、がっかりせずにいられなかった。デッカーの顔は、いまや実の兄の顔よりもよく知っている。デッカーのそっけないあしらいは、会ったこともない人にされたにしては、思ったよりちょっとだけ深く心に突き刺さった。ハーロウはそんな思いを振り払った。

「カフェは見張られている。たぶん囲まれている。あなたにはわたしの助けが必要になる」ハーロウはいった。「連中に気づかれるまえに列に戻って」

手首をつかむ手から力が抜けたが、鋭いまなざしはそのままだった。「何人だ?」デッカーが訊いた。

「ひとりはきっとあなたも気づいたはず。このカフェの向かいのベンチで、アジア系の年輩の女性の横に座っている」ハーロウはいった。「ほかにもおそらくふたり、ファースト・ストリートに停まっている灰色のサバーバンからおりて、ショッピングモールであなたをつけてきた」

デッカーはハーロウの手首を放して列に戻った。ハーロウはそのうしろに並んだ。

「あんたの狙いは?」デッカーが肩越しに訊いた。

「わたしはハーロウ・マッケンジー。ずっとあなたを見守ってきた」

「ぞっとしないな」

「説明の仕方を変えるわ。わたしは私立探偵をしている」ハーロウはいった。「おそらく、これも聞きたいことじゃないでしょうけど」

「ツーストライク。残りあとストライクひとつだ――スリーストライクのあとどうなるか、おたくは知りたくもないだろうな」

「十三年まえ、街娼《がいしょう》になるところだったわたしは、ワールド・リカバリー・グループに救われた」ハーロウはいった。「あなたがリカバリー・ストリートの下で仕事をしてくれたから、わたしの命は救われた」

デッカーは丸刈りの頭に手を走らせた。「当初はそういう形で仕事をはじめた。たしかマクナルティのグループだったか?」

「ええ」ハーロウは答えた。「わたしはヴァン・ナイズでへろへろにラリっていて、ありもしないオーディションを待っていた。あのときはそれがすごくかっこいいと思えた」

「いまもそうだ」デッカーがいった。「いつも大騒ぎだった。あの晩、おれたちは六つのアパートメントを襲撃し、ロサンゼルス大都市圏各所の三十件のがさにつながる情報をつかんだ」

「わたしはキットリッジ・ストリートのアパートメントにいた」

「狭い世界《スモール・ワールド》だ。まったく」デッカーは首を振っていった。「で、これからどうする?」

「あなたはコーヒーを買う。わたしもコーヒーを買う」ハーロウはいった。「コーヒーを飲み終えるまでに、ここから脱出する計画を考える」

「おれが釈放されるとどうしてわかった? つい一時間まえまで、おれは公判で証言するためにきれいな服を着せられていると思っていたんだが」

「ヴィクターヴィルに友だちがいる」ハーロウはいった。「友だちのシフトがはじまった今朝九時に連絡をもらった。連邦保安官があなたをここに連れてくるだろうと予測したのは単なる推測だけど。この業界は推測が多いから。当たりだった」

「ハズレかもな。ブラトヴァは躊躇《ちゆうちよ》なく人を殺す——殺すだけではないかもしれない」デッカーがいった。「いますぐここを離れたほうがいい」

「相手はブラトヴァじゃない」

デッカーは振り返り、ハーロウの頭越しにコーヒーショップの外に目をやった。

「なにをしているの？」とハーロウは訊いた。

「おれを殺したがっている連中を探している」デッカーがいった。「そうしないと、かえって怪しまれる」

「たしかに」ハーロウはいい、レジのほうを見ている振りを続けた。

じっさいには、デッカーを盗み見ていた——ようやく鋭いまなざしから解放されて。丸刈りの頭はあまり似合っていない。青いドレスシャツはサイズがいくつか大きすぎ、鑿《のみ》で彫ったような首の筋肉から察するに、岩のように硬《かた》そうな体を隠している。これほど近くからだと、写真で見るより険しい顔立ちだ。戦いの痕——たとえば、左の頰に走る三センチほどの傷痕とそれより少し長い右こめかみの傷痕——が残る、いかつい感じのハンサムな顔。長いあいだ遠くからめでていた人間をまのあたりにして、うっとりしている自分に気づいた。

「ロシア人には見えないな。その点は認めよう」デッカーがカウンターのほうに顔を戻していった。

「見てもらいたいものがある」ハーロウはいった。「あなたが逮捕されたあと、わたしは調べてみた。かなり深いところまで」

「おれは娘にもう一度会いたいだけだ」デッカーがいった。「いまはそれしか考えられない。ここからどうやって脱出するか」

「ヘメットの一件にかかわっていたのは、ロシア人だけじゃない」

「いいか。なにをするつもりかは知らないが、ありがたいとは思う。だが――」

「だれがあなたを雇ってスティール上院議員の娘を探させたのかは知らないけれど、あなたはその人にはめられたとわたしは思っている」

目のまえのデッカーは見るからに身をこわばらせた。ふたりの女性とその娘たちが脇に動いたが、デッカーはその場から動かなかった。

「証拠はあるのか?」

「証拠集めの幸先《さいさき》は悪くない」ハーロウはいった。「話ができる二席を探して。あまりあからさまにならない程度に」

「おれをだれだと思っているんだか」

「念のためよ」ハーロウはいった。

デッカーはレジのまえに進み、肩越しにいった。

「自分がどんなことに首を突っ込もうとしているのか、わかっているんだろうな。相手がロシア人にしろ、ちがう連中にしろ、本気のようだぞ」

「わたしをだれだと思っているんだか」

5

デッカーは買ったカプチーノを持って、トイレ横の壁際のカウンター席へ向かい、途中、ディスプレイ・スタンドから無料の地元誌を手にとった。ローバック・スツールに雑誌を置き、自分は隣のスツールに腰かけた。正面の窓のそばにある革張りのラウンジ・チェアが空いているのが目に入ると、擦《す》れて光沢《こうたく》の出たその心地よさそうなチェアに無性に座りたくなった。だがいまは贅沢《ぜいたく》していい理由はない。夢にまで見たカプチーノは目のまえにあるのだから。

最初のひと口で口のなかをやけどした。バリスタの初歩的なミスだ。客がコーヒーを人の顔に投げて、病院送りにすることがないよう、中身は生ぬるいか温かい程度にするものだ。次のひと口を味わうまえに一、二分待たなければならない。それくらいはかまわないが。

すぐにここを出ることはない。おれの処刑人たちは、すでにこのカフェの周囲に陣取っていて、ここには、見たところ裏口はない。ミズ・マッケンジーがたしかな脱出計画を思いついてくれているよう願うばかりだ。

目の端で動きをとらえ、ミズ・マッケンジーが来るのだとわかった。

「この席、だれか来ます？」彼女が訊いた。

デッカーは首を振り、雑誌を手に取って自分のコーヒーの横に置いた。ミズ・マッケンジーがフローズンドリンクをカウンターに置き、スツールに腰かけ、紫のバックパックを膝《ひざ》に載せた。ふたりとも一分近くひとこともいわず、ほかの客にかかずらわなかった。デッカーはカプチーノを味わい、マッケンジーもどろどろの飲み物を飲みながら携帯電話にメッセージを打ち込んでいだ。

「ほんとうにメッセージを打ち込んでるのか？」デッカーは訊いた。「それも演技なのか？」

「計画を調整している」彼女がなるべく口を動かさないようにしていった。

「その件だが」デッカーはいった。「どういった計画だ？」

「いま練っているところ。あなたがコーヒーを買いに店に寄るとは思ってなかったから」電話に向かってうなずいている振りをしながら、彼女がいった。「あなたがたどってきた道順からして、スキッド・ロウに行くものと思った。あそこなら楽に姿を消せるから」

「そのつもりだった。だが、白いバンを見てやめた」

「そうなの。そこに行く手はもうないけどね」彼女がいい、電話をチェックした。「もっと直接的な手を使うしかない。その調整にあと数分かかる」

「よさそうじゃないか」デッカーはいい、カプチーノを長々と飲んだ。「それで、さっきいっていた証拠というのは？」

「いまになって興味が湧《わ》いたの？」

「なんといったらいいかね、ミズ・マッケンジー？　娘に再会する希望をもらったわけだし」

「わたしのことはハーロウと呼んで」彼女はいい、バックパックから一枚の紙をとり出した。

ハーロウが靴を履《は》き直す振りをして、デッカーのほうに身を寄せた。雑誌の下に紙をすべり込ませたあと、身を起こし、飲み物を飲んだ。デッカーは少し待ってから、薄っぺらの雑誌に手を伸ばした。雑誌で隠しながら紙を取り、目のまえに置いて上から下まで目を通した。

「無人航空システムの空域通過申請書」デッカーは読み上げた。「この手のものはよく知っている。すべて規則どおりにやっていたからな。これはリヴァーサイド市営空港あてのC級空域通過申請書のようだが、座標だけで地図が添付されていないのは解《げ》せない」

「リヴァーサイドにあるアレス・アヴィエーションのオフィスから提出された。座標はリヴァーサイド市営空港の制限空域の南東端、ヘメットのやや西に当たる。規則どおりにやっているのはあなただけじゃない」ハーロウがいった。「連邦航空局《FAA》の許可コードを得たことにより、無人航空機による居住地区上空、目視見通し外――高度四百フィート（約百二十メートル）以上――での夜間飛行が可能になった」

デッカーは申請書を見て顔をしかめた。「高度四百フィート？　目視見通し外？」

「そこを気にするの？」ハーロウがいった。「空域じゃなく？」

デッカーは濃いカプチーノを時間をかけて飲み、ゆっくりうなずいた。「空域が重要なのはもちろんだ」彼はいった。「だが、通過申請のほかの項目も見ると、もっとおもしろいことがわかる」

「あなたたちが襲撃したブラトヴァの〝集配送センター〟上空に、監視ドローンを飛ばす申請が出されたということよりも？」

「ああ。まず――アレス・アヴィエーションは、インターネットで注文できるようなドローンを飛ばしたりしない」

「たぶんそうじゃないかと思ってた」ハーロウがいった。

「夜間と目視見通し外のふたつはセットといっていい。どのみち、夜間にドローンを目視することなどできないが。そのふたつは必ずセットで申請される」

「わかるけど、たいしておもしろくないような気がするけど」ハーロウがいった。

「あまり時間がないわ、デッカー。そのドローンはありふれたものではない。それで?」

「その距離で夜間の監視を行うには、高い倍率と高解像度の暗視センサーが必要だ。かなり値が張る。高度四百フィート超となると、おそらく、赤外線イメージング装置のたぐいもついているはずだ」

「というと、高価なドローンなのね」

「ハイテクのドローンだ。軍用レベル。RQ-11レイヴンか、最新式のドローン。ブラトヴァはドローンを使わない。連中はどこまでもローテクだ」〝ローテク〟とはどういうものか脳裏に思い描きつつ、デッカーはいった。「アレス・アヴィエーションのことだが?　もう少し調べたんじゃないのか?」

ハーロウはうなずき、メッセージを読んで笑っている振りをして携帯電話を持ち上げた。「親会社はイージス・グローバル。親というよりは遠縁って感じね。業務関係ははっきりしていないけど、イージス・グローバルが所有している会社のひとつであるのはまちがいない」

「イージス・グローバルか」デッカーはいった。「イラクとアフガニスタンでは随一の軍事請負会社だった」

「イラクとアフガニスタンで現在進行している戦争では、軍事・後方支援を行っている唯一の企業よ」ハーロウがいった。「あなたが〝あっち〟にいるあいだに状況が変わった」

デッカーはまた首を振り、カプチーノを飲み干して紙コップを目のまえの茶色のペンキを塗った壁に押しつけてつぶした。外でようすをうかがっている連中に見られてもかまわなかった。先行きに希望の持てない前科者としてはそうするのが自然だという気もしたが、どうでもいいという思いのほうが強かった。それともどうでもよくはないのか？　卓抜したストーカー、ハーロウ・マッケンジーにたった一枚の紙を見せられたばかりに、この二年で固めてきた信念が見事に一変してしまった。

ロシア人もなんらかの形で関与している。ヘメットのあの家を所有していたのはソルンツェフスカヤ・ブラトヴァだし、刑務所で襲撃してきたのは、ブラトヴァの刺青《タトゥー》をでかでかと入れたやたら怖い顔の男たちばかりだった。連中がかかわっているのはまちがいない。どうかかわっているのかは、さっぱりわからなくなったが。ハーロウが持ち出した書類が本物ならば、第三者がかかわっていたことになる——だとすると、すべてが変わる。

「大丈夫？」ハーロウが訊いた。

「ぜんぜん」デッカーはいい、つぶれた紙コップをにぎりしめた。「で、ここからどこへ行く？」

「あなたしだいよ」ハーロウが答えた。「どこまでやるつもり？」

「とことん」

「そうこなくちゃ。とりあえず、ここからあなたを生きて出さないとね」

「もう計画があるような口ぶりだな」

「計画とはいえないわね」ハーロウはバックパックから黒いナイロンの袋をとり出した。「細かい部分はほとんど調整できていないから」そういってフットボール大の袋をデッカーの膝に載せた。「わたしが店を出たら、それを見られないように隠して、トイレの個室に入って。中身を見れば、どうすればいいかわかる。まず手袋をはめて。理由はわかるわね」

「きみはどこへ向かう？」

「店の外へ」ハーロウは答えた。「外から勝算を五分に戻す」

「こんなことまでしてくれなくていいんだぞ」デッカーはいった。「まじめな話」

「いまだけ、正直にいっていい？」

「ああ」

「あなたを娘さんに再会させてあげたい」ハーロウはいった。「それは嘘《うそ》じゃないけど、この悪党どもにいままでの悪行のツケを、そして、だれも止めなかったらこれからもやり続ける悪行のツケを、払わせてやりたいとも思っている。それにはあなたの力も借りないといけない」

「どうやら、目的がかぶっているようだな――いまのところは」デッカーはいった。

「トイレに長居しないで」ハーロウはそういって席を立った。

デッカーは一分待ってからトイレへ向かった。ひとつしかない個室が奇跡的に空いていた。鍵をかけ、すばやく便器に腰かけると、手渡された袋のジッパーをあけた。中身を見て思わず笑みがこぼれた。

最初にとり出したのは、手にぴったりとはまる肌色の手袋だった。それを手にはめ、次に使い込まれ、銃身に溝のついた《スレデッド・バレル》グロックの九ミリ拳銃を出した。たまたまスレデッド・バレルの銃だったわけではないだろうと思いつつ袋に手を入れ、長さ十五センチの筒状のサイレンサーをとり出した。

「ハーロウ・マッケンジー。いったい何者なんだ?」デッカーはそうつぶやき、サイレンサーを銃身にとりつけた。

さらに袋をあさると、弾倉が五つとトランシーバーのセットが出てきた。弾倉のひとつを拳銃に差し込み、スライドを引いてまえにすべらせ、銃弾を薬室に送り込んだ。それ以外の弾倉はポケットにおさめた。通信装置にすばやく目をやると、すぐに使えるようになっていた。デッカーは半透明のイヤフォンを耳に押し込み、マイクのクリップを襟《えり》につけた。小さなトランシーバーはズボンのまえポケットに入れた。ハーロウはなにもかも考えてあった。

「マッケンジー、聞こえるか?」音声起動式だろうと踏んで、デッカーはいった。

「聞こえるわ」彼女がいった。「うちの会社の別の人間も回線に入っている。だから、別の人の声が聞こえてもびっくりしないで」

「おれはびっくりするタイプじゃない」デッカーはいった。「拳銃は使い捨てだと思うが?」

「捨てないといけなくなっても、足はつかない」ハーロウがいった。「でも、あなたがそれを使うことは想定していない」

「今後の展開しだいだろうな。きみの想定は?」

長い間が空いた。「あなたを逃がすには奇跡が必要になる」

6

ハーロウはカフェの二軒先にあるサンダルショップに入り、バックパックをあけてパンツと帽子をとり出した。

「なにかお探しですか?」カウンターの奥から中年の女が呼びかけてきた。

「すばやく着替えをしたいの」ハーロウはいった。「ボーイフレンドから逃げたくて。いま別れたばかりの」

「そういうことね」女はいい、カウンターの奥から出てきた。「商品をバックパックに入れないようにお願いしますね」

「見張っていてくれてかまわないわ」ハーロウはぴったりしたヨガパンツの上に、ひもでしばるタイプのだぼっとした茶色のパンツをはいた。

「心配しないで」女が数メートル手前で足を止め、胸のまえで腕を組んだ。「見張っているから」

「どうなってる、ケイティ?」ハーロウはいった。

「いまなんて?」店のオーナーがいった。

「別の人と話してるの」ハーロウはいった。

オーナーがけげんそうに眉を上げて店内を見まわした。「たしかに先に進んだほうがいいかもしれないわね」

「十秒で出ていく」ハーロウはいった。「ケイティ?」

「ケイティってだれ?」オーナーがまたしても尋ねてきた。

「空想上の友だちよ」ハーロウはいい、オリーブドラブの野球帽をピンクのドジャーズの帽子にとり換えた。

それから、着ていた上着《スタジオラップ》を野球帽といっしょにバックパックに入れた。注意を惹いていた場合に備え、すばやく外見を変えて、監視の目をすり抜けようというわけだ。計画の成否は相手の虚《きょ》をつけるかどうかに――そしてケイティに――かかっている。ケイティなら、期待以上のことをしてくれる。

「準備完了」アシスタントがいった。「第一車輌は立体駐車場にある。二階。階段の吹き抜けのすぐ左。見ればわかるわ」

「了解。気を抜かないで。ミスの余地はほとんどないから」ハーロウはいった。

「いつもいってることじゃない」

「今回はほんとうにそうなの」

「自信を持っていうが、余地などまったくない」デッカーが口をはさんだ。

「とにかく気をつけて」ハーロウはいった。「この連中にはひどくいやな感じがするの」

「わたしの存在が連中に知られることはないわ」ケイティがいった。

「これから店の外に出る」ハーロウはいった。

ドアの取っ手に手を伸ばしたところで、一瞬足を止めた。

「デッカー。時間よ。店を出て。外へ出たら、右に向かって。二軒先の立体駐車場のドアまでどうにかたどり着いて。あなたの任務はそれだけよ」

「ハーロウ?」

「なに?」

「やばいことになったら、そのまま立ち去ってくれ」デッカーがいった。「これはきみの戦いじゃない」

この戦いにどれだけハーロウの思い入れがあるか、それに、デッカーがどれほど関係しているか、当の本人にはまったくわからない。十年まえのことだ。ハーロウはあとほんの一日か二日、ひょっとしたらほんの数時間後に、それまでの二カ月で背負い込んだ〝莫大《ばくだい》な借金〟を返済する〝チャンスを与えられる〟ところだった。麻薬《ドラッグ》の勢いではじめた豪勢なアパートメント暮らし――ハリウッドでビッグになる夢を見てロサンゼルスに寄ってくる若い女たちを惹きつけ、つかまえる罠《わな》――にかかった費用。デッカーは自分ではそうと知らずに、毎年何千人という若者を食い物にする機構の毒牙から、ハーロウを救い出してくれた。

「それはちょっとちがう」ハーロウはそういい、ドアを押しあけた。

7

デッカーはカフェの窓越しにショッピングプラザのコンクリートの中庭を見まわし、すぐさま、整った身なりの三人の男たちが自分を殺すために送りこまれたのだと気づいた。カフェとはプラザを隔てた反対側に座っていた男が、デッカーには注意を向けていない振りをしてゆっくりと立ち上がった。ほかのふたりは用心深く距離をとってコーヒーショップの両側に――左右ひとりずつ――陣取っている。観光客や昼時の地元民が絶えず行き交うなかで、その場にとどまっているのだから、すぐに目に付く。あまりに簡単だ。動いている仲間もいて、はじめるタイミングを見計らっているのはまちがいない。真の脅威はその連中だ。

「三人はわかった」デッカーはいった。手でサイレンサーつきの拳銃を探り、見えない重みを感じた。「店の出口のまえと左右にいて、三角形をつくっている」

「動く隙は充分ある」ハーロウがいった。

「どちらかといえば、自由に首をくくらせるだけの〝ロープのたるみ〟があるという感じだ」

「ちょっと待って。四人目が北側から来る。いまわたしのまえを通りすぎるところ」ハーロウがいった。「わたしはうしろにつける。そっちも動いて」

「外に出る」デッカーはいい、ドアをあけた。

「わたしはピンクのドジャーズの帽子をかぶってる」ハーロウがいった。「店を出るあなたを確認した」

右に目を向けると、すぐにハーロウがわかった――まっすぐこっちに近づいてくるラインバッカーのような大男にも気付いた。タックアウトしたライトブルーのボタンダウンのシャツの縫い目のあたりがふくらんでいる。筋肉質な体と武器がシャツに隠れているのはまちがいない。ほかの三人はその場を動かず、デッカーの動きに備えて待機している。

「わたしのまえにいる男のことは心配しないで」ハーロウがいった。「こっちに向かって歩きはじめて」

「ハーロウ、南側から接近する人間がふたりいる。これで六人」ケイティがいった。

「デッカー。動きはじめて」ハーロウがいった。

デッカーはハーロウのほうへ歩き出した。ハーロウが状況を見誤ったといまでは確信している。まちがいなく武装していて、よく訓練された、レンガの壁のような男のほうへまっすぐ歩けなどというのだから。おまけに、さらに五人が百八十度まわりを囲んでいた。十秒もかからないうちに終わる。ウエストバンドにたくし込んだ銃を使わずに済む筋書きは思い描けなかった。目の端で突然すばやく動くものがあり、終わるまでの時間はさらに短くなる気がした。これでおしまいだ。デッカーは右手を脇へと動かし、拳銃へと近づけた。

「行動開始します」ケイティがいった。デッカーは武器を抜くのをしばらく待った。

「了解」ハーロウがいった。「デッカー。歩きつづけて」

「それはあまりいい考えじゃ――」

パトロールカーのサイレンがあたりの空気をつんざき、デッカーはぎょっとした。こっちに向かって歩いていた男も足を止めた。すばやく左肩越しに振り返ると、群衆全体が立ち止まり、だれもが甲高《かんだか》い音の出所を探していた。陶器にひびが入るような音がして向き直り、デッカーは六メートル手前まで迫っていたラインバッカーの男へ目を戻した――男が砂嚢《さのう》のようにコンクリートの地面にどさりと倒れた。ハーロウが男を見下ろしている。手にはテーザー銃――コイル状のワイヤが男に伸びている。

　中庭に低いバタンという音が二度響き、その後すぐにシュッという大きな音がした。振り返って見なくても、なにが起こっているのかはわかる。ハーロウが痙攣《けいれん》している男の横にテーザー銃を捨てると、バックパックから黒い袋を出して男の頭にかぶせた。デッカーがよしとうなずくまえに、ハーロウはバックパックから筒状の灰色の缶をとり出し、ピンを抜いた。いかれてるぜ――かなり気に入った。

「駐車場へ行って隠れて」ハーロウは大声でいい、発煙筒をデッカーの左側の群衆に向かって下手で投げた。

　デッカーは全力で走った。背後では、悲鳴をあげる買い物客とパニックに陥った観光客が缶から離れようと右往左往し、大混乱が生じていた。ほぼ同時に、プラザの反対側で次々と爆竹が鳴り、それでなくてもうろたえていた群衆が慌てふためいた。デッカーは逃げまどう群衆にはかまわず〝立体駐車場〟と標示された薄暗い照明の短い通路に飛び込んだ。目のまえに細い縦窓のついた緑色の金属のドアが現れた。デッカーは一瞬足を止め、ハーロウがついてきているかと期待して振り返った。

「どこにいる？」デッカーはいった。

「足を止めないで。すぐに追いつく。追っ手がいないことをたしかめないといけない」

「すぐに警察が来るだろうから、ぐずぐずしているやつがいるとは思えない」デッカーはいい、ドアをあけて階段に足を踏み入れた。「よくやった」

「まだ終わってない」ハーロウがいった。すぐそばで恐怖に駆られた悲鳴があがり、トランシーバーの交信もまともにできなくなった。「ケイティ。逃げて」

「もう逃げてるところよ」アシスタントがいった。「この連中もとどまるつもりはなさそうだけど。あちこちからサイレンが聞こえている」

「こっちに一台いるけど」ハーロウがいった。「ほかは見えない」

「早めにそこを離れろ」デッカーはいった。「警察に駐車場の出口を封鎖されたらおしまいだ」

「わかってる」ハーロウがいった。

「わかってるだろうさ」デッカーはそういって階段を駆け上がった。

二階にたどり着いたとき、一瞬、階下《した》で悲鳴が響き、すぐに静かになった。

「ハーロウ、階段にいるのか？」デッカーは小声でいった。

「いいえ」

「きみの脇をすり抜けたやつがいるようだ」デッカーはいい、サイレンサーつきの拳銃をとり出した。

「そんな人いないわ」

灰色のコンクリートの壁にせわしない足音が響き、ハーロウのかたくなな主張に疑いの影を落とした。

「たしかにいる」

「いまそっちに行く」ハーロウがいった。

「くれぐれも気をつけろ」デッカーはいった。

デッカーは選択肢を考えた。二階のドアをあけて駐車場に身をひそめてもいいが、ドアがあく音を追っ手に聞かれるのはまずまちがいない。その情報がバンにいる仲間たちに伝わったら、まったく新たな問題を抱えることになる。だめだ。手早く始末するしかない。その男が反応してほかの連中に警告を発するまえに。デッカーはざらついたコンクリートの踊り場に伏せ、一階と二階とをつなぐ階段の最上段の少し上に銃口を向けた。

のぼってくる足音が一瞬、大きくなったあと、静かになった。男が近くまできて、慎重に階段をのぼりはじめたのだ。デッカーの期待に反して。焦《あせ》ってドアや階段の先の段ばかりに気を取られている敵に対してなら、この即興の戦術もうまくいくのだが。デッカーは踊り場の真ん中に身を伏せていた。だれも予期していないはずの位置に。〝はず〟というのが肝《きも》だ。

デッカーは銃を床の高さにかまえ、待った。数秒後、下方から衣服のすれる音、さらに小さな足音が聞こえてきた。ぼさぼさの茶色い髪が見え、引き金にかけた指に力を入れた。弾《たま》が飛び出るまえに階下《した》でドアのあく音がし、男がとっさにかがんだ。

「デッカー。そっちへ行くわよ」ハーロウが声を抑えていった。階段をのぼりきったところでようやく聞こえるほどの声だった。「そっちの状況は？」

男がいま聞いたことを報告したり、ハーロウと戦う態勢をとったりするまえに、デッカーはコンクリートの床から身を起こして二発撃った。二発とも男の右こめかみのほぼ同じところにあたり、背後のコンクリートの壁に真っ赤な血しぶきを散らした。照明のスイッチが切られたかのように中枢神経が遮断され、男は倒れてデッカーの視界から消えた。デッカーはゆっくり立ち上がり、壁を伝うどろっとした血糊《ちのり》から、くずおれた男の体へと視線を這《は》わせた。

「デッカー。まさか」――ハーロウが無線で話しはじめ、下の踊り場に姿が見えると音声が一段大きくなり、さらに続けた――「だれかの脳みそを吹き飛ばしたりしてないわよね」

デッカーは人差し指を口にあて、首を振った。ハーロウは恐ろしい光景に眉をひそめ、状況を理解してうなずいた。デッカーはすぐさま男の襟の内側につけられた音声起動式の無線マイクを見つけた。その半透明の装置を襟からはずし、階段に置いて靴の踵《かかと》で踏みつぶした。

「まずいわね」ハーロウがいった。

「こうするしかなかった」デッカーはいった。

「ただでさえ異常な状況なのに、殺人事件の捜査にまで対処するはめになった。警官が群《むら》がってくるわ」

デッカーはこの男の侵入を許したハーロウを責めたかったが、そんなことをしてもどうにもならないと思い直した。それに、ハーロウは命の恩人だ。デッカーは銃をウエストバンドにはさみ、よじれた死体のそばに膝をついた。

「死体にさわらないで」ハーロウがいった。「きっと――」

デッカーは男の顔の向きを変え、吹き飛ばされた側を上にした。男の半分なくなった耳からイヤフォンを外し、自分のズボンで血をぬぐった。

「――血だらけになる。車のなかも。まったく」

イヤフォンは無傷のようだったので、自分の耳に押し込むと、会話の一部をとらえることができた。

「立体駐車場がどうのといっていた」男の声がいった。「煙のなかを北へ走っていくのが見えた」

「これ以上ここにとどまっているわけにはいかない」別の男がいった。「ロス市警《LAPD》の第一団がまもなく到着する。その後、八キロ以内にいるすべての警官も来る。このちょっとした見世物を指揮したのがだれにしろ、わかってやっている。全チームはただちに現場を離れてもらいたい。無線の周波数を変えろ——リッチが敵の手に落ちているかもしれない」

「了解」最初の声がいい、別のふたりからも了解の応答があった。

デッカーはイヤフォンを耳から外し、ズボンのポケットに入れた。

「なにか聞こえた？」

「車を出してドア前で拾ってくれ」デッカーはいった。「ＬＡＰＤがすぐ来る」

「どこかへ行くの？」ハーロウがいい、階段をのぼりはじめた。

「どこへも行かない。こいつの身体検査をする必要がある」デッカーはいい、死体の向きを変えた。「すぐに終わる」

「そんな時間はないわよ」ハーロウはいい、デッカーを追い越した。

「無線で話していた連中はロシア人ではなかった」身分証のようなものはないかと男のズボンのポケットを探りながら、デッカーはいった。

ハーロウは階段をのぼりつづけた。「そのことだったら、教えてあげていたらよかったわね」

デッカーは男のポケットから薄い財布を抜き取った。

「さあ。行きましょう」ハーロウがいった。二階の踊り場にあるドアにたどり着くところだった。

「もうひとつ確認することがある」デッカーはいい、財布をポケットに入れた。「携帯電話は持ってるか?」

「え?」

「写真を撮りたい」デッカーはいった。「こいつの身許《みもと》をたしかめるために」

ハーロウはデッカーに携帯電話を放った。「五秒だけよ。それ以上は待てない」彼女はいい、ドアから駐車場へ入った。

デッカーは男の青いポロシャツの裾をつかんで脇までまくり上げた。なにも見つからなかったので、シャツを男の砕けた頭から脱がせ、血まみれになったシャツを下の踊り場に放った。やはりなにも見つからない。男をうつぶせに転がし、筋肉質の背中を上にした。ビンゴ。左肩にかけて見覚えのある刺青《タトゥー》が入っている。カエルの骸骨《がいこつ》の図柄で、一本の前脚がどことなく三叉の矛《トライデント》に似せてある。デッカーはタトゥーの写真を撮り、男の顔の写真も何枚か撮った。

一分後、ふたりはアラメダ・ストリートを北へ走り、対向車線を走る警察車両とすれちがっていた。

「それで？」ハーロウがいった。

「ええと……ありがとう、といえばいいのか？」

「なにか見つかったの？」

「あの男はカエルの骸骨のタトゥーを彫っていた。元海軍特殊部隊員《SEAL》だ」ロサンゼルス・メトロポリタン拘留センターが左側を過ぎ去るさまを見ながら、デッカーはいった。「ロシア人でないのはまちがいない」

「イージス・グローバルを調べたほうがいいかもしれないわね」ハーロウがいった。

「アレス・アヴィエーションからはじめましょう」

デッカーは片眉を上げてハーロウに目を向けた。「イージスはどこにも行かない」彼はいった。「だが、おれがまだ生きているという噂《うわさ》が広まれば、全容解明に欠かせない人間がしばらく姿を消すことになる」

「だれが姿を消すの？」

「これからいう答えを、きみは気に入らないだろうな」

しばらくして、ハーロウが路面から視線を離し、デッカーと目を合わせた。

「あなた、頭がおかしいんじゃない」ハーロウがいった。

「どこへ行けば彼を見つけられるか知ってるか？」

「いい考えとはいえないと思う——ぜんぜん」

「いっしょに来てくれる必要はない」デッカーはいった。「それどころか、来ないほうがいい」

「これまでずっとひとりで見事に生き延びてきたから？」

ショッピングプラザでだれがだれを救ったかについて、あれこれいい争いたくはなかった。ハーロウはほとんど救いようのない状況で、巧みに脱出を演出したが、あの階段では、あやうく殺されるところだった。現時点では、それぞれに限界があり、強みもあるということだ。デッカーはこれからもハーロウに協力するつもりだった——ほかに有力な選択肢があるわけでもない。

「彼がどこにいるか知ってるのか？」

ハーロウはためらったが、やがてうなずいた。「もちろん知ってる。彼らの動向はしっかり追っているから。追わざるを得ない。最近でこそひどくたたかれているけど、人身売買はそれでも彼らにとって大きなビジネスだし」

「あの連中でも、ほとぼりが冷めるのを待つような常識があると思っているわけだ」

「ビジネスを失う心配などしないと思う。連邦裁判所への告訴は、あなたが釈放される数日まえにとり下げられた」

「その点は、いまでもまったく理解できない」デッカーはいった。

「お金が物をいうのよ」ハーロウがいった。

「それならなおさらヴィクトル・ペンキンを訪問するしかない」

8

ガンサー・ロスはまえかがみになって膝に肘《ひじ》をつき、ずらりと並ぶスタッコタイル張りの屋根越しに、はるかロサンゼルスのダウンタウンが描く街と空の境目《スカイライン》を見渡した。公園のベンチにひとり座り、ライアン・デッカーを地上から排除する試みが失敗に終わったことについて考えをまとめようとしていた。一目瞭然のことがどうしても理解できない。デッカーが窮地《きゅうち》を脱する際、凄腕《すごうで》のチームが手を貸した。だが、何者だ？

デッカーには、友と呼べる者はこの世に残っていない。そういう状況にしたのだから。こちらのレーダーをすり抜けた友人がいるにしても、その男、あるいは女が、あれだけの対抗暗殺作戦をやってのけるとは思えない。ロスはこの一年をかけて、デッカーのそういった世界とのつながりを完全に絶った。

ロシア人か？　自滅的な行動をとることもある連中だが、ああいった曲芸を披露《ひろう》すれば、西海岸での活動に致命的な打撃をもたらしかねない。それに、デッカーを拉致して、連中になんの得がある？

ブラトヴァでないとすれば、何者だ？　ヴィクターヴィルの商魂たくましい看守か？　どこか腑《ふ》に落ちなかった。だからこそ、ハーコートに悪い知らせを伝えずにいるのだ。正しい方向を示してくれる情報が、わずかでもはいってくるのを待っていた。残念ながら、それほど長く報告を遅らせることはできない。

「なにかわかったか？」ガンサーはいい、数メートル右に立っている男に顔を向けた。

「お待ちください」男は携帯電話を操作しながらいった。

ガンサーは丘の上から見える広大なロサンゼルスの光景に目を戻した。空に突き出た小さな高層ビル群を、低層の建物がとり囲み、四方八方に広がっている。魅力的な街だと思ったことは一度もないが、千三百万人以上がロサンゼルス大都市圏を住まい《ホーム》にしていた。その大多数は、ばか高い極小住宅にオイルサーディンのように詰《つ》め込まれ、その極小住宅もやはり込み入った区域《ネイバーフッド》に隙間なく押し込まれている。こんなところに住むことなど想像すらできない。

そばから矢継ぎ早の会話が聞こえてきた。中身はよくわからない。なんの収穫もなく報告をしなければならないようだ。ガンサーがひとつ深く息をしてジェイ・リードに目をやると、ジェイ・リードは会話を終え、首を横に振った。

「リッチが死んだそうです」ジェイがいった。

「そこまでは予想していた」

「立体駐車場の階段で撃たれていました。右こめかみに二発。ふたつの銃創は三センチと離れていなかった」ジェイがいい、片眉を上げた。

「プロだな」

「財布がなくなっていて、通信機器が頭の横の階段でつぶれていたそうです」

「財布から足がつくことはない」ガンサーはいった。「偽の運転免許証とプリペイドのクレジットカードが何枚か入ってるだけだ」

「イヤフォンのほうが気がかりです」

「デッカーが話を聞いたとすれば、われわれがロシア人でないことを知っていると考えていい」ガンサーはいった。「だが、それ以上つかまれる心配はないだろう」

「おそらく、もっと先までしぼり込んでいます」ジェイがいった。「リッチは階段でうつぶせで倒れていた――シャツは着ていなかった」

「シャツを着ていなかった？」

「脱がされて、階段の下に捨てられていたそうです」ジェイがいった。「ＬＡＰＤの情報提供者によると、肩の上部に刺青《タトゥー》が彫ってあったとか」

「当ててやろう」ガンサーはいった。「SEALsの三叉の矛《トライデント》かカエルの骸骨だな」

「ふたつ目のほうです」

「デッカーなら、それがなにかすぐにわかったはずだ。とすれば当然、自分が不名誉の壮大な烙印《らくいん》を押された根本原因に大きな疑念を抱いているはずだ。独自に嗅《か》ぎまわられるまえに、デッカーを見つけ出す必要がある」

「ロサンゼルス大都市圏で利用できる監視及び探知ネットワークをフル稼働《かどう》させることもできますが」ジェイがいった。「木という木を揺らしてみては」

「それだけでは足りないだろう。さらなる資産《アセット》を要請する」ガンサーはいった。「電話をかけるあいだ、散歩でもしてきてくれ」

「幸運を祈ります」

「こんな役回りでなくてよかった、ということか？」

「そんなところです」ジェイはいい、駐車場のほうへ歩いていった。

ガンサーは電話をとり出し、しばらくタッチスクリーンをじっと見てから、自分しか知らない番号にかけた。面倒なことになりそうだ。

9

ジェイコブ・ハーコートは電話を切ると、机の横のサクラ材の壁につくりつけられたカクテル・キャビネットに歩いていった。飲まずにいられない午過《ひるす》ぎのバーボンをグラスに注いだ。ガンサー・ロスからの知らせはさまざまなレベルで厄介《やっかい》だった。デッカーがかたくなに死を拒《こば》んでいることが、十年近くも綿密に練ってきた計画に対するいまそこにある危機になっている。

爆弾を山と積んだトラックをラ・ハシンタ・インというモーテルに突っ込ませ、デッカーと彼のチームを一瞬で消し去るという考えを、フリストの話に乗ってあきらめたのがまちがいだった。それをいうなら、プロの殺し屋に何度も命を狙わせたのに、デッカーが生き延びるなど、だれも予想できなかった。あの男を止めることはできなかった。それがハーコートには恐怖だった。

これまでの状況には腐敗の痕跡が残っているが、デッカーがその腐敗のにおいをほんのかすかにでも嗅ぎとれば、においのもとがわかるまで嗅ぎまわるだろう。したがって、見つけ出して始末するのは早ければ早いほどいい。

ハーコートはただちに第二陣の秘密作戦チームをロサンゼルスへ送り、デッカーの件を手伝わせ、さらに作戦支援のため、この国のあらゆる電子監視装置も利用できるだけ利用する。イージスがもつ法執行機関と民間会社の監視網を組み合わせれば、十二時間以内にこの街を電子的にロックダウンできる。

顔認証システムのソフトウェアが、ＬＡＰＤの監視カメラ映像や交通カメラの映像、警備会社につながっている防犯カメラ映像などをくまなく調べる。デジタル盗聴機関がインターネット上のキーワード検索にフィルタをかける。名を明かせないアルファベットの政府機関が提供する非常に高価な携帯電話調査システムが、引き金《トリガー》となる言葉を感知し、それが含まれる何百万件もの会話を精査していく。こっちはデッカーがミスを犯すのを待てばいい――かならず犯す。デッカーは長くじっとしていられるタイプではない。

そういうやつだからこそ、急いで始末する必要もある。あと一週間あまりで人生をかけた仕事が実を結ぶ。あとほんの一週間だというのに――またもソルンツェフスカヤ・ブラトヴァが問題を引き起こしてくれた。あれ以上ロシア人にかかわってはいけなかったのだ。最初のあやまちだけでもかなりひどかったのだから。

ハーコートはブラトヴァの法務部門と長々と話し、計画を綿密に説明したというのに、それでも彼らはへまをした。検察側がもっていたロシア人側に対する主要な証拠は、審理でとり下げられた。ハーコートが手を回したのだ。デッカーはワールド・リカバリー・グループが集めた書類の信憑《しんぴょう》性を証言できる、唯一生き残っている証人だ。彼のチームの残りは排除した。あるいは、うまく口を封じた。

裁判官は証拠不十分で弁護側の公訴棄却の申し立てを認めることになっている。デッカーの証言は先入観が強すぎて信頼に足らず、根拠がない、と。公訴棄却のだめ押しとして、裁判官の口座のひとつに人生が一変するほどの額も入金されている。

ところが、ブラトヴァの弁護士は先走り、連邦検事を説得し、裁判にかけられないよう起訴を見送らせた。そのせいで、こちらは大胆かつ、ひょっとすると足がつくかもしれない手段で、再度デッカーを始末しようと試みるしかなくなった。あいにく、慌てて手配したために、一歩後退せざるをえなくなった。その結果を、これからひどく神経質な政治家に説明しなければならない。

ハーコートが私用の番号をダイヤルすると、携帯電話を耳にあてるまもなく、ジェラルド・フリスト上院議員のもどかしそうな声が聞こえてきた。

「終わったのか？」

「ちょっとした障害にぶつかりました」ハーコートはいった。「われらが友人には、まだひとりかふたりファンが残っていたようです。リトル・トウキョウのショッピングプラザで襲撃しようとしていたとき、大混乱になりました。私の工作員のひとりが殺害され、デッカーは姿を消しました。警察が到着するまえに、チームを引きあげさせるしかなかったのです」

「気に食わんな――まったく」

「同感ですが、事態は完全に掌握《しょうあく》しています」ハーコートはいった。

「きみがいながら、いったいどうしてこんなことになった？」

ハーコートは深く息を吸って吐き出した。「わかりません」彼はいった。「デッカーと過去にかかわっただれかが、監視の隙間をすり抜けたようです」

「ロシア人には連絡したか？」

「ロシア人ではありません」ハーコートはいい、バーボンをごくりと飲んだ。

「いちおう連絡しろ」フリストがいった。「念のためだ。最初からまったく信用ならない連中だった。妙なことを考えられてもまずい」

「今回の件であなたにまで影響がおよぶことはありません。それだけは約束します」

「デッカーを始末するとも約束したはずだが?」長い間が空いた。「いい過ぎた。今後一週間で多くが決まる。だからデッカーの件では、どうしてもぴりぴりしてしまう」

「心配するのも無理はありません。デッカーにも資源《リソース》があるのかもしれませんから。だからこそ、一年の大半をかけて始末しようとしているわけです。とはいえ、われわれが痛手を被るとは思えない」

「いったいだれが彼を救ったのか、そっちのほうが気になる」フリストがいった。

「見当はつかないのか?」

「これまでデッカーと付き合いのある者を徹底調査しましたが、こちらの作戦を邪魔立てするような者はいないと判断しました。デッカーはつまるところはぐれ者ですから。これからリストを再調査しますが」

「新しいリストを作成したほうがいいかもしれんな」フリストがいった。「デッカーの身《み》に起こったことと、われわれのささやかな事業とのあいだに危険なつながりを見出《いだ》した者がいるかもしれないぞ」

ハーコートはまたひとくちグラスのバーボンを飲み、いった。「手はじめにロシア人を当たります。かかわってはいないと思いますが、連中は独自の情報提供者ネットワークを持っています——そして、入ってきた情報を放置することで有名ですから」

「デッカーがうろついているという噂が広まった場合に備えて、先手を打っておくべきじゃないか? スティール上院議員がデッカーの釈放を知ったら大騒ぎするぞ。疑わしいことこのうえない摩訶《まか》不思議な釈放に世間の耳目《じもく》が集まる。われわれにどんな悪影響がおよぶか、いわなくてもわかるな」

わかった。ハーコートは安全器《カットアウト》（秘密活動の要員間の接触を秘匿するために第三者を使う仕組み）を使い、連邦刑務所局のハッキングを外部委託したのだが、最近では、追跡できないものなどない。権力と影響力を兼ね備えた上院議員がサイバー攻撃の徹底調査を求めるなら、なおのこと。それに、裁判官の件もある。あの裁判官もまちがいなく精査される。

「裁判官は処理できますが」ハーコートはいった。「スティール上院議員の反応を制御する方法はわかりません」

「現状を正すために、〝帳簿外〟で、しかも無料のサービスを提供してやってもいい」フリストがいった。「デッカーの量刑にあれほど不満だったことを考えれば、スティール上院議員も気に入ってくれるかもしれんな。終身刑を望んでいたわけだから」

「チャンスを嗅ぎつける鋭い嗅覚を持ってらっしゃる」ハーコートはいった。

「それを武器に、これまでキャリアを積み上げてきたのだ」

「私が二十四時間以内にデッカーの件を修正できなければ、あなたの手法で進めましょう」

「なにかわかったら教えてくれ」フリストがいった。「一週間だ。一週間でいいんだ」

「一週間ですね」ハーコートもくり返し、通話を切った。

ハーコートはバーボンを飲み干し、もう一杯いけるだろうかとふと思った。あとにしよう。いまは頭をはっきりさせておかなければならないし、このバーボンは思いのほか強い。

10

ヴィクトル・ペンキンはトールグラスに入れたロシアンスタンダード・ウォッカを立てつづけに三杯あおると、革張りのブース席に背をあずけた。目のまえのステージで踊っているふたりの女に集中しようとしたが、ふと気がつくと、大惨事《さんじ》に終わったスティールの一件を指揮していた男がさっき電話でいっていたことを考えているのだった。ボスのいうとおり長期休暇を取ったほうがいいだろうか――なるべくなら早いほうがいい。

このデッカーという男は、すでにいやというほど問題を引き起こしてくれた。そいつが救出作戦で集めた証拠によって、ペンキンのチームの半分が刑務所送りとなった。アメリカの傭兵がしかけた罠にデッカーがはまったとき、証拠はＦＢＩに押収された。おかげで、ペンキンの西海岸でのビジネスもあやうく灰燼《かいじん》に帰すところだった。だからこのアメリカ人どもは信用できないのだ。ボスは抜け目なく先手を打ち、連邦検事局の起訴をとり消させておいた。

「そいつらを下がらせろ」ペンキンはお代わりを注ぎながらいった。

ふたりの女はステージ脇に脱ぎ捨てられていたわずかばかりの服をつかみ、調教師《ハンドラー》に階段入口を覆うきらめくビーズ・カーテンから押し出されるように、そそくさと立ち去った。ふたりの〝女〟は明らかにティーンエイジャーで、クラブが開店して客が来るまで、ほかの少なくとも十人あまりの少女たちと階上《うえ》で待たされる。ペンキンは時計に目をやり、やれやれと首を振った。ペンキンのボディーガードたちを率いるセルゲイが、クラブの奥に通じる暗い廊下から姿を現した。その姿が現れると、廊下がほとんどふさがれた。オーダーメイドのスーツに身を押し込んだ野獣だ。

「デッカーの問題が解決するまで、街を離れる」ペンキンはいった。「五分後に出発したい」

「了解です、ボス」男がいった。「何人連れていきます？」

「ふたり。アレクセイとウラッドだ。アレクセイにはおれが知らせる」

「行き先はわかりますか？」

「カリブ海を考えている」ペンキンはいった。「人里離れたいい感じのヴィラがいい」

「手配をはじめましょう」セルゲイがいった。「どこの空港でもかまいませんか？」

「この国からいちばん早く出られるところならどこでもかまわん」

セルゲイがその巨大な頭をかしげた。「そんなにやばいのですか?」

「わからん」ペンキンはいい、ウォッカを飲み干した。「ここにとどまってそれをたしかめるつもりはない。アレクセイ」ペンキンは大きな声で呼んだ。

セルゲイはのしのしと立ち去った。ペンキンはテーブルの上の四つのショットグラスを満たした。ウォッカをこぼしながらグラスからグラスへ注いだ。副官が正面のロビーから部屋に入ってくると、ペンキンはグラスのひとつをそちらへ押し出し、副官がそれを手にとるのをもどかしそうに待った。

「なんの乾杯です?」アレクセイがいった。

「いまから休暇をとる」ペンキンはいった。「このデッカーの問題が解決するまで」

「休暇に乾杯します」アレクセイがペンキンのグラスとグラスを合わせた。「あの男ははじめから厄介以外のなにものでもありませんでした」

黒っぽい髪のこの元特殊任務部隊《スペツナズ》大尉はひと息でグラスを干し、テーブルに勢いよく置いた。ペンキンも同じようにして、アレクセイのほうにグラスをもうひとつ押し出した。

「すぐにここを出たい。われわれのアメリカ人の友人はずいぶん気にしているようすだった」

「急いで通りの向こうに行って、ミーシャにここを頼むといってこないと」アレクセイがいい、最後の一杯を飲み干した。「バーには客が入りはじめていますから」

「早くしろ」ペンキンはいい、ブースから出た。

ペンキンはアレクセイが行ったあともう一杯飲もうかと考えたが、やめておいた。立ち上がったときに少しふらついたからだ。ウォッカをたっぷり注いだグラスを短時間に六杯も空にすれば、そうなるのも無理はない。ペンキンは所有するクラブのひとつとなっているみすぼらしい部屋を見まわした。ひび割れた板張りの壁やしみだらけの天井のタイルやすり減ったリノリウムの床を、薄暗い照明が隠している——そんなものを客が気にすることはない。店の雰囲気を求めてここに来るわけではない。客は女のためにここにいる。そしてペンキンは、客のカネをもらうためにいる。

店の内装はやたらつつましいが、サン・フェルナンド・ヴァレー東部にも同様の店が何十カ所と点在し、大半がノース・ハリウッドとヴァン・ナイズにある。そうした場末のバーに客を集め、ブラトヴァが所有する複数の隠れ蓑《みの》の会社から楽に歩ける距離にあるクラブに送り込む。たいてい入居が禁止されたアパートメントや倒産した会社などのそばにある。

客はバーでしこたま酒を飲まされ、問題を起こす人間かどうかペンキンの部下たちに吟味《ぎんみ》される。人身売買被害者の救出に携《たずさ》わる覆面警察官や私立探偵がよく来て、その店での活動が一時的に止まった。そうした妨害に対抗するために、ペンキンはつねに数十カ所のクラブを同時に経営し、キャッシュフローを保ち続けていた。

営業しているクラブの数は日ごとに変わり、法執行機関の動向に合わせて決まる。クラブの存続期間は平均して二週間といったところで、つねに新しい店舗を探し続けなければいけない。その問題に特化したチームがあり、彼らのおかげで、これまでのところ、店舗数を減らさずにやってきた。小さな成果――この一年間におけるこの事業の目標収益からすれば――だが、もっと重要なのは、儲《もう》かっていたという点だ。

営業しているクラブが二十店舗前後あり、そこで三百人ほどの女たちが毎晩カネを稼《かせ》いでいる。たいした稼ぎにはならないように聞こえるが、ひとりの女はひと晩に千ドル以上稼ぐ。若ければ稼ぎはさらに増える。彼のクラブが抱える並みの売春婦でも、週七日働くとすると、相場で五十万ドルを超える値がつく。彼の年間の総収入額は一億ドルを超える。しかも、それにはクラブへの入口となっているバーでの酒の売り上げや、〝会員権〟の収入は含まれていない。

つかのま、数字のインパクトがペンキンの気分を高めてくれた。これほどの権勢を振るい、これほどのカネを生み出すブラトヴァの権威《アフトリテット》なのだから、厄介ごとから逃げ出したくなったりしてはならない。脅威の排除に使える〝鉄砲玉〟は大勢いるが、デッカーのなにかがペンキンの不安をあおった。スティール上院議員の娘がブラトヴァの〝集配送センター〟のひとつにいることを探りあてたりと、あの男は不可能を可能にした。少女の身許がわかったときにすぐさまアルカリ液につけて溶かしてしまえばよかったのだ。だが、愚かにも、将来の取り引きに使えるかもしれないと生かしておいた。おかげで、ムショで一年近く過ごすはめになった。だめだ。おれはすぐに街を出る。いまデッカーがどれほど厄介な存在になっていても、巻き込まれるのはごめんだ。ビーチでモヒートを飲んでいるあいだ、あのサイコパスのアメリカ人に問題を処理させればいい。

11

ブラトヴァの見張りにはまちがいなく気づかれているが、ハーロウの身に危険はない――いまのところは。ロシア人は自分たちが監視されているとわかっている。目に付くところで売春宿チェーンを経営しているのだから、それもビジネスの一環だ。このクラブはふつうよりも長く、六週間近く営業している。それだけ長く続いているのは賄賂《わいろ》がきいているせいだろう。いつかは警察によって閉鎖されることになるのだろうが、そのまえにだれかがロシア人にたっぷりと警告する。見張りには目をつけられているだろうが、せいぜいそこまでだ。デッカーが動きはじめるまでは。

「やっぱりいい思いつきとは思えない」ハーロウは無線越しにいった。

「こっちの身にもなってみろ」デッカーが答えた。「まだ動きはないか?」

「なにも」ハーロウはいった。「だから見込みが薄いっていったのよ」

「悪い思いつきで、見込み薄か。最高の組み合わせだ」デッカーがいった。「彼がここにいるのはたしかなのか？」

「たしかよ。わたしの複数の情報提供者が確認している」

「その情報提供者はどのぐらい信用できる？」

「すごく」ハーロウはいった。

シャッターのおりた金物屋の真んまえに駐車している車のなかで、見張りのひとりが手に持った無線機になにか話していた。

「待って」ハーロウはいい、暗視スコープを持ち上げた。「なにかはじまったみたい」

「おれはどこにもいかない」デッカーがいった。「このにおいも」

「ねえ。リアルさにこだわったのはそっちよ」

「次は多少の手抜きをするようにアドバイスしてくれ」

ハーロウはこらえようとしたが、思わず噴き出した。数時間まえ、デッカーは着ていた服と盗んだ財布の中身に、まえ払いしたモーテルの部屋をつけて、ホームレスの男の服と交換していた。男はうれしさのあまり、すぐさま通りで半裸になった。その後、車に乗せてモーテルに行った——強烈なにおいが鼻を突いたとき、ハーロウはすぐさま自分の車に乗せたことを悔やんだ。デッカーはその悪臭を放つ服を九十分近く着ていた。

ハーロウはクラブの入口に暗視スコープを向けつづけた。その甲斐《かい》があり、数秒後、アレクセイ・クズネツォフが表に出てきた。すぐにクズネツォフだとわかった。ペンキンの右腕であり、ブラトヴァのロサンゼルス売春組織の警備責任者だ。この数カ月のあいだ、ペンキンとともにメトロポリタン拘留センターで公判を待っていたが、公判がひらかれることはなかった。クズネツォフがいることからも、情報提供者の情報が正しかったことがわかる。

クズネツォフは車の助手席側のウインドウに身を寄せ、見張りに短くなにか告げた。一瞬、ふたりがハーロウのほうに目を向けたあと、クズネツォフは通りを渡り、窓のないバーに消えた。ハーロウに気づいているのはまちがいなかった。

「いまクズネツォフが通りを渡って集客用のバーへ入ったのを確認した」

「ふたりが一カ所にいるのか?」

「黒々した髪が眉の近くまで押し寄せている。見まちがえることはないわ」ハーロウはいい、暗視スコープをおろした。「不思議じゃない」

「より多くの情報を持っているのはどっちだ?」デッカーがいった。「ふたりともやるのは無理だろうからな」

「ペンキンよ。まちがいなくペンキン。クズネツォフのこともだれかに見張らせているだろうし。それがブラトヴァのやり方だから」

「こっちの状況はよくわからない。真新しいSUVが何台も停まっている。厳重な警備体制を敷いているようだ」デッカーがいった。「ペンキンの自宅を狙うことはできないのか?」

「ベル・エアの?」ハーロウはいった。「無理ね。これが最善の策。それでも――」

「見込みは薄い。たしかさっきも聞いた気がする」

ハーロウは、バーのまえのほの暗い明かりしかない歩道での動きをとらえた。クズネツォフが通りを渡る。急いでいる。

「おもしろい」ハーロウはいった。

「なにがだ?」

「クズネツォフがまた慌てて外に出てきて、通りを渡っていった。そろそろこっちも動かないといけないかも」ハーロウはいった。「向こうは急いでなにかをはじめようとしているらしい」

「なにをするのかはじきにわかる」デッカーはいい、間を置いた。「もう後戻りできないぞ、ハーロウ」

「聞き飽きたわ」

壊れたレコードのようだ——ちょっとずつ恩着せがましい口ぶりになっている。デッカーが海兵隊とCIAでやってきたような秘密工作活動や訓練の経験はないかもしれないけれど、ハーロウだって予測不能なロサンゼルスの街《ストリート》で十年近くも私立探偵をしてきて、一から技術を磨いてきたのだった——自分の力で。

「今度こそはほんとうに後戻りできない。こいつらは根に持つ連中だ。やたらしつこくな」デッカーがいった。「路地の近くに車を置いて歩き去ってはくれないのか？」

しつこい。どうしてもわからないのね。こいつらの邪悪さと残酷さはいまでも思い出せば吐き気がするほど、何度も目の当たりにした。使い捨ての商品のように子供たちを人身売買のネットワークに引きずり込み、客が商品に飽きると、海外の奴隷《どれい》業者や臓器取引業者に売り払ってきたのだ。もっとひどいこともあったが、いまは考えたくなかった。これ以上目を曇らせるわけにはいかない。デッカーの命がそこにかかっている——自分の命はいうまでもなく。

「ありえない」ハーロウはいった。

12

デッカーはウィスキーのボトルを持ち上げ、路地を見まわしながらぎこちなくあおった。安酒をぶちまけて、紅茶を入れたボトルだが、わずかにウィスキーの味がした。ウィスキーも残しておけばよかったとも思った。こんなときにひとくち、ふたくち飲めば、気つけになるだろうに。ペンキンの拉致計画は無謀だった。〝計画ともいえない〟というようなものかもしれない。

彼は一時間近くずっとひとりごとをいいながら、脇道を行ったり来たりして路地に入ってきた。クラブの裏口に配置されていた見張りがデッカーに注意を向けなくなると、暗い路地へよろよろと入り、路地とその奥の区域《ネイバーフッド》とを隔てる背の高いコンクリートの塀《へい》に背をつけて座り込んだ。裏口をひとりで見張っていたロシア人が何事が起こったのか見に来たが、酔《よ》っぱらったホームレスがひび割れたアスファルトの上に胃の中身をぶちまけているのを目にしただけだった。

キムチとクラムチャウダーのまじったゲロと、服が放つ強烈なにおいのどちらが功を奏したのか、デッカーにはわからなかったが、見張りは二度見しようともせずに戻っていった。見張りがいなくなると、デッカーは壁にもたれてボトルの中身を飲んだ。観察しながら。それがいわゆる計画の全貌《ぜんぼう》だった。酔っ払いの振りをして、好機が到来したらつかめるところまで近づく。いまのところうまくいっている。これからどうなるかはわからないが。

クラブの裏口に配置された見張りは、手に持った無線機を耳にあてた。ゆったりしたスターター（アメリカのファッション・ブランド）のスタジャンの下に隠しているサブマシンガンの銃身があらわになった。見張りは一度うなずき、短く答えたあと、路地を見まわした。

「待機しろ」デッカーはいった。「なにか起こりそうだ」

「了解」ハーロウが応じた。

デッカーはボトルを横に置き、サイレンサーつきのグロックを上着の深いポケットから引き出した。見張りが並んで停まっているSUVに向かって路地を渡りはじめると、両手で銃を握り、サイレンサーの発光トリチウムサイトを見張りの胴体に合わせて二度引き金を引いた。男がよろけ、どさりと片膝をつくと、デッカーはサイトの真ん中のグリーンドットを頭に合わせ、また撃った。

「裏に来てくれ、いますぐだ」デッカーはいった。

「いま行く」

見張りはしばらく身を起こしたままでいたが、やがてまえのめりに倒れ、頭が舗道にあたって鈍い音を立てた。デッカーはすばやく立ち上がり、ペンキンの取り巻きが出てくるまえに死体を見えない場所に引きずっていこうと、駆け寄った。走りながら死んだ男の上着の襟をひっつかみ、近くの大型のごみ容器《ダンプスター》へと引きずっていった。クラブの重厚な金属のドアがきしむ音を立ててあき、それ以上、見張りを引きずっていくことができなくなった。ペンキンを拉致したいなら、選択肢はひとつしかなくなった。デッカーは大の字に横たわるロシア人の死体の脚に乗り、酔っ払いのように歌いはじめた。

ふたりの男が拳銃を抜きつつ路地に出てくると、ロシア語でなにか叫びながら、歌っているデッカーにまっすぐ向かってきた。デッカーにはふたりのいっていることが多少わかった。三学期間のロシア語の履修はまったくのむだではなかった。ふたりはドミートリーがどこへ行ったのか知りたがっていた。路地の暗がりに、デッカーが仲間の上に座っているのはわからなかったらしい。デッカーは左手で脇道の入口のほうを指差した。

「あっちへ行った！　たぶん」デッカーはいい、また酔っ払いの歌を歌いはじめた。

「黙ってろ！」男のひとりが怒鳴った。

もうひとりはドアのほうを振り返り、語気鋭いロシア語でなにごとかをいい、デッカーが示したほうを指差した。なかで激しいことばが飛び交いはじめたが、すぐそばのＳＵＶのクラクションが鳴り、同時にテールライトが光ると、口論が止《や》んだ。クラブからふたりの男がいい争いながら出てきた。ハーロウから監視中に撮った写真を見せられ、顔や体の特徴を教えられていたから、ひとりは薄暗いなかでもだれなのかわかった。クズネツォフ。ペンキンの右腕。

デッカーのまえに立っている見張りが、いい争いを耳にして肩越しに振り返ったとき、デッカーはすばやく銃を持った手を伸ばし、一発で側頭部を撃ち抜いた。さらに二度、サイレンサー付きの銃で発砲すると、もうひとりの見張りも倒れた。ペンキンとその右腕だけが路地の真ん中に残された。倒れたばかりのふたりの先で、座っていたデッカーが立ち上がり、拳銃を向けると、ふたりともどうしていいかわからないようすだった。

「やめておけ」デッカーはいった。

「うるせえ」クズネツォフがいい、武器に手を伸ばした。

デッカーは胸に二発撃ち込み、もうひとりのロシア人に銃口を向けた。

「ヴィクトル・ペンキンだな?」デッカーはいった。クズネツォフがボスの腕をつかんだまま膝をついた。

「デッカー」ペンキンがぼそりといい、クズネツォフの手を振りほどこうとした。

「驚いたか?」

「おまえはもうおしまい《デッドマン》だ」ペンキンが歯を食いしばったままいった。

「処刑場に歩いていく《デッドマン・ウォーキング》死刑囚だ——これほど危険なものはないぜ」デッカーはいい、ペンキンの腕につかまって死にかけているロシア人にもう一発撃った。

クズネツォフがペンキンの右脚をつたってくずおれ、その頭がブラトヴァの顔役の靴の上に載った。

「これで一巻の終わりか」ペンキンがいった。

「まだだ」デッカーはいい、相手との距離を詰めた。

「おれを殺すしかない」ペンキンがいい、そういってゆっくりと上着の内側に手を入れた。

デッカーは拳銃をポケットに入れ、まえに歩きつづけた。「容疑はさまざまだが、おまえは二十三回も警察につかまっている。だが、武器を持っていたことは一度もなかった」

ペンキンは助けを求めて叫びながら、裏口めざして駆け出したが、デッカーはすでにもう一方のポケットからハーロウの小さなテーザー銃をとり出していた。ロシア人が舗道に倒れ、声も上げられずにいるところへ、ハーロウのどこにでもありそうな灰色のセダンが猛スピードで路地に入ってきた。ヘッドライトが恐ろしい光景を照らし出していた。

「急がないといけない」デッカーはいった。

「わかってる。脇道で方向転換していたとき、三人のロシア人がバーから出てきた」

「くそ」

デッカーはテーザー銃を左手に持ち替え、右手で拳銃を抜いた。そして、横にした左前腕に拳銃を載せ、ドアに銃口を向けたまま、ペンキンに近づいた。ロシア人は地面に倒れてぴくぴくしている。電気ショックで体を動かせないようだった。ハーロウはクズネツォフの死体を轢かないように気をつけて、車をクラブの裏口にできるだけ近づけた。

「ペンキンを車に乗せられるか?」デッカーは無線のマイクに向かって小声でいった。「ここから生きて脱出するにあたって、積極策を講じる必要があるかもしれない」

「これまで講じてなかったの？」

「時間がない。なかで声がしている——こっちへ向かってくる」

「ペンキンはまかせて」ハーロウはそういって車のドアをあけた。

「まかせた」デッカーはいい、テーザー銃をハーロウのまえの地面に放った。そして、大型ごみ容器《ダンプスター》に向かって走り出した。クラブの奥に人影が見える。見張りの死体にたどり着くころには、クラブの廊下から怒声が轟《とどろ》いていた。

「デッカー、ここはちょっと無防備よ」

「なんとか持ちこたえてくれ」

デッカーは死体の横に膝をついた。見張りが隠し持っていたロシア製サブマシンガンPP－2000を見つけて驚いた。恐ろしい小型兵器で、それから放たれる銃弾はさらに恐ろしい。銃弾を発射するためにつくられた銃。PP－2000をシングルポイント・スリングからはずし、見張りのポケットを探って予備の弾倉と小型拳銃を見つけた。両方をポケットにいれると、ダンプスターの横でかがみ、サブマシンガンの使い方を確認した。見たことはあるが、使ったことはなかった。

「それほどむずかしいはずはない」彼はつぶやいた。

一風変わったデザインの武器をいじっているあいだに、クラブの奥でだれかが明かりを消した。それが意味することはひとつだ。まもなくだれかがやってくる。ひとりの男が建物から飛び出し、デッカーに向けて銃を撃ってきた。銃弾がダンプスターにあたって火花を散らした。別の男も出てきて、同じ方向に銃をかまえた。二番目の男は銃を撃つまえに立ち止まり、ハーロウに目を向けた。ハーロウはペンキンを立たせていた——黒い袋をペンキンの頭にかぶせて。

デッカーは安全装置と思われる唯一のレバーを動かし、オートマチックの長い点射《バースト》を喰《く》らわせた。銃弾がふたりの男をずたずたに切り裂き、コンクリートの上に薙《な》ぎ倒した。次の点射をクラブの裏口に放つと、なかから甲高い悲鳴が聞こえてきた。

ハーロウが懸命にペンキンを車に乗せているあいだ、デッカーは建物のなかに向けて次々と点射し、ＰＰ－２０００の弾倉を空にした。次の弾倉をセットするまえに、クラブの裏口に閃光手榴弾《フラッシュバン》を投げ入れた。からころという金属のうつろな音が暗い廊下に響き、そのすぐあとでパニックに陥った男たちの声が上がった。

「フラッシュバン起爆」デッカーはいい、耳をふさいで目をそらした。

稲妻のような爆発が路地を照らし出し、高デシベルの爆音が銃弾かと思うほど、耳を覆っていた手を何度も貫いた。デッカーはその場にとどまらなかった。必ず反撃がある。ここにいる連中はほとんどが元ロシア特殊部隊員だから、多少の銃撃とフラッシュバン程度では気持ちが折れたりはしない。デッカーは車へ走った。裏口のまえを横切ったときに反撃を受けた。銃弾は背後を通り、SUVのサイドにあたった。

「あなたが運転して!」ハーロウが助手席側の後部座席のウインドウから叫んだ。

デッカーは走っている途中で向きを変えると、セダンのボンネットに乗って、運転席側まですべろうとした。だが、ホームレスのべたつく服が金属に張り付き、途中から無理やり体を回転させておりた。運転席側の地面に転がり落ちた直後、銃弾が次々とフロントガラスとボンネットにあたった。デッカーは膝立ちになり、サブマシンガンを肩に押しつけ、弾倉が空になるまで裏口に銃弾を撃ち込んだ。

「応射されるぞ!」デッカーは大声でハーロウに呼びかけ、サブマシンガンを捨てて車に乗り込んだ。

頭を低くしたままシートに座り、ギアをドライブに入れてアクセルを踏み込んだ。ハーロウはウインドウからささやかなサプライズを放った。銃弾がトランクを穿《うが》ち、リアウインドウを粉々に砕いたが、車はスピードをあげて走った。耳をつんざく爆発音が何度か銃声をかき消し、路地にはまた白い光があふれた。ルームミラーに目をやると、路地の真ん中に立つ男たちが見えた。程度はさまざまだが、それぞれが戸惑い、痛みに耐えている——濃い煙が立ち上り、男たちの姿をぼやけさせた。

デッカーは猛スピードで路地を抜けた。可能なかぎりスピードを保ったまま、タイヤをきしらせて人通りのない脇道に折れた。

振り向くと、ハーロウが状況を掌握しているのがわかった。袋をかぶせられたペンキンにスタンガンを押しつけている。首のすぐ下あたりだ。もう一方の手にはコンパクト拳銃を持ち、太腿《ふともも》に載せて銃口をロシア人に向けている。デッカーが口をひらこうとすると、ハーロウがさえぎった。

「いいから運転して」

「戻れ。そうすれば、ふたりとも命は助けてやる」ペンキンがいった。

ハーロウは拳銃をロシア人の股間《こかん》にめり込ませた。ペンキンが思わず息を呑《の》んだ。

「妙なことをしたら、わかるわね」ハーロウがいった。

五分後、デッカーは北へ向かう州間高速道路《インターステート》四〇五号線のまばらな車の流れに乗り

――裁きの場へと急いだ。

13

かつて家だった構造物の黒焦《こ》げの骨組みのなかへ、ハーロウはしぶしぶペンキンを連れていった。これからどんなことがはじまるのかと思うと、ぞっとした。ぞっとするのはたしかだが、それを望む気持ちもある。そんな真っ黒い腹のなかは受け入れがたい。この先も受け入れない——と思いたい。

デッカーが破片の散らばる床に懐中電灯《フラッシュライト》をあてながら、数メートルまえを歩いている。金属の折りたたみ椅子《いす》を片手に、もう一方の手に赤いプラスティックのガソリン容器を持っている。その容器を見て、ハーロウは気分が悪くなった。この人間のくずを生きたまま焼く場面を想像するだけでもきついが、自分の手でこの男をそんな恐ろしい最期に導くのはその比ではない。

「なつかしのキャンプファイヤーのにおいだな」ペンキンがいった。黒い袋をかぶされているせいで、声がくぐもっている。「だが、もっと強烈なにおいだ」

火事で焼けた家に到着すると、ハーロウはすぐに息が浅くなった。焦げた木材のにおい以上のものを吸っているような感覚が振り払えなかった。デッカーがここに車を走らせるとは信じられなかった。この場所のせいで、デッカーのかつての人生は終わりを迎えたのだ。ハーロウにとっては、二度と見たくない場所だ――が、デッカーも癒《いや》しの旅をしているようには見えない。まるで逆だ。自滅したくてしかたないように見える。そんなことをひとしきり考え終えた瞬間、デッカーが椅子を広げ、ペンキンのほうに向けて置いた。

「そいつを椅子に座らせてくれ」ほとんど命令といっていいような口調だった。

ハーロウはペンキンをデッカーのほうに押しやった。「あなたのショーでしょ」

デッカーはロシア人の腕をひねって無理やり座らせた。ペンキンが椅子の背にもたれると、袋を頭からとり去り、顔にフラッシュライトを向けた。ロシア人は目を細め、光をさえぎろうと手を上げた。

「ここがどこかわかるか?」デッカーはいい、四分の三が焼け落ちてなくなった建物をフラッシュライトでぐるりと照らした。

ペンキンはしばらくフラッシュライトのあとを追って視線を走らせていたが、やがてゆっくり自分のペースで周囲の状況を感じ取った。ロサンゼルスのブラトヴァの最上層部にいるペンキンが、こんなところにまで来るとはとても思えなかった。おまけに、ペンキンには地理的な位置を知る方法もなかった。この家は起伏のある砂漠の高地という戦略上の要衝に建てられ、隣家からも遠く、見られることもない。いかがわしいビジネスに好奇の目を向けさせないためには、もってこいの場所だった。

ペンキンはガソリン容器を見ると、声を殺して笑った。「まさかここへ連れてくるとはな」

「これ以上ふさわしい場所を思いつかなかった」デッカーはいい、容器のキャップを外した。「借りを返すのにふさわしい場所を」

「この女には見覚えがある」ペンキンが唐突にいった。「新進気鋭のトラブルメーカーだ。ミス……ええと……マッケンジーだ。またどうしておまえらふたりが手を組むことになった？」

「実をいうと、間接的にその後押しをしたのはあなたの組織よ」ハーロウはいった。

「何年かまえに」

デッカーがペンキンのみぞおちを蹴った。ロシア人がうめき声をあげ、椅子に座ったまま腹を抱えると、デッカーは頭からガソリンをなみなみとかけた。しばらくしてペンキンが身を起こすと、残った分を膝にかけ、容器を脇に放った。

「ありがたい」ペンキンが歯を食いしばりながらいった。「やっとおまえのその小便のにおいが消えてくれた」

デッカーはペンキンのまえにしゃがんだ。「さて、選ばせてやる」

「なにを？」

「どんな最期がいいか」

「あてやろう。火で焼かれるか、後頭部を撃ち抜かれるかの二択だろ？」

「撃ち抜くのは額《ひたい》だ」デッカーはいった。「おれは相手の目を見たままでも人を殺せる」

「おまえはタフなくそ野郎かもしれないな、デッカー。だが、殺し屋ではない」ペンキンはいい、間を置いてから続けた。「その手の殺し屋ではない」

「おれは試着してから新しい服を買う主義だ」デッカーはいった。「処刑場に歩いて《デッドマン・ウ》いく死刑囚《オーキング》だしな」

「処刑場に歩いていく死刑囚《デッドマン・ウォーキング》はここにひとりしかいない。それはおまえでも——そこのミス・マッケンジーでもない。おまえはクラブに現れた瞬間、おれの死刑宣告にサインした。それでも、いわせてもらえば、さっきのふたつの選択肢など、おれの組織の仕打ちに比べればはるかにましだ」

「組織がなぜおまえを殺す？」

「おれの組織は人目を嫌う。この一年あまり、おれは充分すぎるほど人目を惹いた──おまえのおかげで」

「おれは人に与え続ける天の恵みだからな」デッカーはいった。

「ああ。そのとおりだ。自分のところのクラブから、兵隊たちの目のまえでおれをひっさらった──だからそれが最期だ」ペンキンがいった。「とんだ恥さらしでもある。数日まえに、連邦検事局がおれに対する起訴を取り下げた。また軌道に乗りはじめていたというのに」

「カルマからは逃れられない」

「カルマってのは何者だ？」ペンキンがいった。「人じゃないのか？」

「時間稼ぎよ。ことば巧みに逃れようとしてるだけ」ハーロウがいった。「二時間でひとことも話さなかったのに、いまはおしゃべりキャシー（ひもを引っ張るとことばをしゃべる人形）になってる」

ペンキンの顔から表情が消えた。「ここを生きて出ることがないのは知っている」

「意見が合ってうれしいね」デッカーはいった。

「だったら、なぜこんな芝居をする？　丸焼きにされても、おれはかまわん。死は死だ。死に方などどうでもいい。おれを生きたまま焼いても、傷つくのはどっちかといえばそっちだ」

「今度は哲学者になったか?」デッカーはいった。「嘘などいわない。性の奴隷商人を焼き殺しても、まったく気にならない」

「その女のことだ」ペンキンがいった。「おれは覚えていられないほど大勢の人間を焼き殺してきた。気になったことはない。だが、ミス・マッケンジー――街《ストリート》のタフなヒロイン――にしてみれば、心がぼろぼろになって治らんぞ。煙草《たばこ》を一本吸いたいんだが。死刑宣告された人間に、最期の一服をめぐんでくれんか?」

ペンキンはヒステリックな笑い声をあげ、ガソリンまみれの太腿を両手でたたいた。このサディスティックな狂人を焼き殺してやりたいという思いが急速に大きくなり、その思いに負けそうになった。ハーロウはまえに歩み出たが、デッカーが彼女の怒りを感じとったらしく、振り返って彼女に一瞥し、やめろと首を振った。

「手を出すな」デッカーは声を抑えていった。

「それで」ペンキンがいった。「おれになにを訊きたいんだ、ライアン・デッカー?」

「真実だ」

「教えてやろう。ミス・マッケンジーがフラスクを返してくれるなら。一杯飲みたいのだが」

「悪い習慣ばかり身に付けているようだな」デッカーはいった。

「長生きするつもりはさらさらない」

「現実的ではあるわけだ」デッカーはハーロウのほうを振り向いてうなずいた。「こいつのフラスクを持っているか？」

「本気？　こんなやつに飲ませてやるの？」

「かまわないさ」デッカーはいった。「舌もゆるむかもしれない」

「フラスクは車にあるけど」

デッカーは肩をすくめた。

「ついでにピザでも買ってきましょうか」ハーロウはそういって、暗闇できびすを返し、肩越しに大声で訊いた。「ほかには？」

「ペパロニを追加で」ペンキンがいい、またげらげらと笑った。

ハーロウはふたりの男に向かって中指を立て、携帯電話の明かりを頼りに焼け跡のなかを慎重に歩いた。デッカーがペンキンを甘やかしているのが信じられなかった。あの計算高い冷酷なけだものを。酒の入ったフラスクごときで、いうことを変えるようなやつじゃない。あんなやつのいうことなんか、ひとつも信用できない。

「処刑場に歩いていく死刑囚《デッドマン・ウォーキング》がなによ」彼女は声を抑えて毒づいた。

車に戻る途中、ハーロウは大きく息を吸い、さわやかな砂漠の空気で肺を満たした。鼻にまとわりついていた焼け跡のにおいは、そこから車に戻るまでのあいだにじょじょに消えていった。銃痕だらけのセダンは丘の裏側の背の高い茂みに停めておいた。焦げた家からは数百メートル離れている――念のため。ハーロウは後部座席のドアをあけ、助手席側の後部席から金属のフラスクを手にとり、静かにドアを閉めた。

遠くで銃声がし、ハーロウは足を止めた。自分を狙った発砲ではないだろうとは思ったが、フラスクを車に戻し、拳銃を手にとった。超音速で弾がそばを飛んでいくときの、シュンという独特の音は聞こえなかった。

デッカーに電話しようかと思ったが、自分の居場所を知られる危険を冒したくなかった。通話やメッセージ送信の際の携帯電話の明かりを隠すことはほぼ不可能だ。状況認識がないことはいうまでもない。だめ。このまま待とう。一発だけの銃声が意味することはたったひとつ。どちらかが死んだ――そして、生き残ったほうがこちらへやってくる。

それを踏まえて、ハーロウは家と車を直線で結ぶ道から外れることにした。左に三十歩ほど移動し、地面がわずかに盛り上がっている場所のまえで待った。遠くに黒い人影が現れ、何気ない足取りで車に向かってきた。デッカーならフラッシュライトを使うにちがいないと考え、ハーロウは拳銃を持ち上げた。しかし、デッカーは家に着いて一度スイッチをいれただけだったことを思い出した。それに、ペンキンのほうもフラッシュライトをつけて自分の居場所を明かすほどばかではない。近づいてくる人影に銃口を向けたまま、ハーロウはさらに身を低くし、標的としてできるだけ小さくなろうとした。

「ハーロウ！　デッカーだ！　そこに隠れているのはわかっている。そっちの小さな丘のまえだろ。さっき横にそれたのも見ていた」

ハーロウは拳銃をポケットにいれ、車に向かった。子供のように追い払われて腹が立つと同時に、デッカーのおかげで処刑場面を見ずに済んで安堵《あんど》もしていた。今日デッカーの命を救ったのはまちがいだったかもしれない、とも思った。デッカーが復讐《ふくしゅう》にばかりとらわれているために、メガン・スティールの誘拐と死の裏にいた闇の集団の全容を解明しないうちに、ともに命を落とすところだった。ここでデッカーとは離れたほうがいいかもしれない。

デッカーは車のまえでハーロウを出迎えた。

「ペンキンはおれがロシア人のひとりから奪った拳銃で自殺した」デッカーはいっ

た。「おれがそれを選択肢として与え、ペンキンはそれを選んだ。そっちを選ぶと思っていた。別の選択肢よりましだと、あの男はわかっていた」

「別の選択肢？」

「逃がしてやってもよかった」デッカーはいった。「どうせブラトヴァにつかまり、だれになぜ拉致されたかと訊かれる。もちろん、酒の出るディナーでそんな話をするわけではない。硫酸の入ったバスタブに浸かりながらになる。足から一センチずつ浸されていく」

「ペンキンはあなたを撃たずに、自分の頭を撃ち抜くと本気で思っていたの？」

「さすがのおれも、そこまで頭がいかれているわけではない」デッカーはいった。

「身を隠してから、弾を一発だけいれた銃を放り投げた」

「それで、ペンキンは自分を撃った」

「自殺するときには、それまでの罪が赦《ゆる》される気がするといわれる。どうしてそんなことがいえるのかはわからないが、これだけはいえる——引き金を引くまえ、ペンキンはほっとしたような顔をしていた。そんな心の平穏を与えてやるのはまちがっている気さえした」

ハーロウの膝ががくがくと笑い出した。その日いちにちの重大さがようやくこたえはじめてきた。ハーロウは銃痕だらけのボンネットに手を突いて体を支えた。

デッカーがそばに来た。「大丈夫か？」

殴《なぐ》ってやりたかった。いや、股間を蹴りあげてやりたかった。性根をたたき直してやりたかった。当然、大丈夫なわけがない！

「大丈夫だと思うの？」ハーロウは訊いた。「あなた、この十二時間で――八人も殺したのよ？」

「ショッピングプラザ、それにクラブでも、しかたがなかった」デッカーはそういい、家の焼け跡のほうを指差した。「だが、ペンキンの場合は？　ああしたことについては、悔いはない」

ふたりは無言でその場に立ち尽くし、顔を見合わせていた。デッカーは思いに深く沈んでいるのか、あるいは、感情を爆発させようとしているようだった。張りつめたひとときが過ぎ、デッカーは車のうしろにまわり、後部座席のドアをあけた。そして、ペンキンのフラスクを持って戻ってくると、車のボンネットに腰かけた。

「無性に飲みたい気分だ」デッカーはいった。

「いま？」

「だめか？」

デッカーはキャップをあけ、フラスクを鼻の近くに持ち上げた。

「ウォッカ?」ハーロウはいった。

「当然」デッカーはいい、フラスクをあおった。「うっ。しばらく酒を飲んでなかったからな」

デッカーがハーロウにフラスクを差しだした。ハーロウはしぶしぶ受けとり、車の前部席側に寄りかかった。口当たりのよいウォッカをほんのひとくち飲み、満天の星を見上げた。

「こんなことに巻き込んですまない、ハーロウ。いまは世界全体を焼き尽くしてやりたい気分だ」

何度か肺を清めるように息をしてから、ハーロウはフラスクをデッカーに返した。

「あなたがどんなことをくぐり抜けてきたのか、わたしにはわからない」ハーロウはいった。「でも、邪魔する人を手当たりしだい殺して、ケリをつけるわけにはいかないのよ。二度あることは三度あるかもしれない。相手は極悪人。それはわかってる。でも、暴力は最後の手段でないと。そうするとはっきりいってくれないかぎり、あなたと行動をともにする気はない」

「わかった」デッカーはいい、また長々とウォッカを飲んだ。「ここからはきみのやり方でやる。おれの伎倆《ぎりょう》はなるべく使わないようにする」

「近接銃撃戦の伎倆しかないわけじゃないでしょう」ハーロウはいった。「何年も人質救出作戦に携わって大きな成功をおさめていたじゃない。今日あなたが頼りにしたような伎倆を、何度使ったことがあるの？」

「めったになかったな」デッカーは認めた。「営業面で問題が大きいから」

「最後の手段」

「そうだな」デッカーはいい、フラスクを差しだした。

ハーロウは首を振った。「運転はわたしがする」

「いい考えだ。この酒は頭を直撃する」デッカーがフラスクの中身を地面に捨てた。

「それで、ここからどこへ向かうの？」ハーロウはいった。

デッカーが彼女に目を向けた。顔がほぼ影に沈んでいる。「あいつがなにをいったのか知りたくないのか？」

ハーロウは肩をすくめた。「あんな男がいったことを本気で信じられるの？」

「洗いざらい吐いても、あいつには失うものがなかった」

「組織への忠誠心をのぞけばね」

「どうかな」デッカーはいった。「ほんとうのことをいっていたような気がする」

「なんていっていたの？」

「メガン・スティールの誘拐にはかかわっていない、とかたくなにいっていた。メガンが連れてこられたとき、どこかおかしいと感じていたが、身許がわかったのは取り引きが完了してからだった」

「取り引き？」

「彼らはカネをもらってメガンを――永久に――消すことになっていた」デッカーはいった。「ただ、メガンには見た目とはちがう秘密がありそうだと思い、少し調べてみたわけだ。真実を探り当てるのに時間はかからなかった。連中はいつか役に立つかもしれないと考え、メガンを家使いの奴隷としてここに囲った」

「あの連中はけだものよ」

「けだものは同類にそんなことをしない」デッカーはいい、ペンキンが白状した内容を続けた。「ペンキンがいうには、メガンを連れてきた連中が、メガンを引き渡してから数カ月経ってクラブのひとつにやってきて、彼女がまだ生きていることに腹を立てたそうだ。抜本的に解決すべき複雑な事情ができてしまった、と」

「家を吹き飛ばして、あなたを罠にはめるような？」

「そんなものじゃない」デッカーがいい、声がすぼんでいった。

その話がどこへ向かうのかわかり、ハーロウはそれ以上その話を進めなかった。まったくちがう話を振った。

「これからどうするの？」彼女は訊いた。

デッカーはしばらく考えてから答えた。

「きみの当初の考えにしたがい、リヴァーサイドのアレス・アヴィエーションを訪ねる――明日にでも。いまは少し眠らないといけない。いや、たっぷり眠る」

「たいした計画ね」ハーロウはいい、もたれかかっていた車から体を離した。「キーをちょうだい？」

デッカーはキーを渡し、ボンネットからおりた。

「そんなにおいのままなら、あなたを車に乗せられない」ハーロウはいった。「ここまで来るときもひどかったんだから。トランクに服が入ってる」そういうと、キーをデッカーに戻した。

デッカーは服をとり出し、車と家のあいだにある小さな丘へ向かった。ハーロウは男の着替えにしてはずいぶん長く待たされた。それで、拳銃を抜いてデッカーを探しに行った。

デッカーは丘を越えてすぐのあたりにいた。膝を抱えて不毛の地面に座っている

——顔を膝のあいだにうずめて。ハーロウは音を立てないようにして、デッカーが見えなくなるまで引き返した。涙が頬を伝った。デッカーがどんな気持ちであそこにいるのか、彼女には想像もできなかった。

14

鋭いノックの音がして、デッカーははっと目を覚ました。自分がどこにいるのか覚えておらず、手をすばやくナイトスタンドに伸ばし、眠りに落ちるまえに置いたような気がする拳銃をつかもうとした。ナイトスタンドにはグラス一杯の水しかなかった。目をしばたたき、意識をはっきりさせようとした。ドアをノックする音がつづき、頭に記憶がどっと戻ってきた。

サン・バーナーディーノ郡へ——ヴィクトル・ペンキンを尋問するために——行ったあと、ハーロウ・マッケンジーがデッカーをここに連れてきた。ホテルか？　ハーロウのアパートメントか？　ベッド頭側の壁全面を覆うブラインドの隙間から光が漏れていて、ここが刑務所ではないとわかる程度に部屋のなかを照らしていた。夢ではない。おれは自由の身だ！

「待ってくれ！」デッカーはいい、自分が服を着ているかどうかたしかめた。ＵＣＬ

Aのロゴが入ったぴちぴちのグレーのスウェットパンツとVネックのライトブルーのTシャツを着ていた。

「いいぞ」デッカーはいい、ベッドの脇へ足をおろした。「はいってくれ」

ドアが数センチあいた。

「見苦しくない？」ハーロウがいった。

「ああ。レディースの服を着た男が見苦しくないというなら」

ハーロウはドアをあけ、ベッドルームに入った。「お客さんが来るとは思ってなかったの。悪いわね」

「文句をいえた義理じゃないさ」デッカーはいった。「この恰好で外に出ていけといわれないかぎりは」

「出かけるまえにあなたの服を用意する」

ハーロウはいちばん右のブラインドの横にあるコントロール・パネルを操作した。すべてのブラインドがゆっくりと制御された動きで上がりはじめた。

「すまない」デッカーはいい、ナイトスタンドに目を向けた。「銃は？」

「銃って？」

「グロックだ」

「昨日、何件かの殺人に使用されて足がつく銃のことなら、今日はきっと釣りに出かけている——戻ってこないと思う」

「代わりをもらえないか?」

「キッチンにコーヒーとベーグルを用意してある。おいしいコーヒーよ」ハーロウがいった。「銃の話は向こうでしましょう」

デッカーは上がっていくブラインドから目を離し、ドアへ向かうハーロウのうしろ姿に向けた。裸足《はだし》で、アイロンのきいたグレーのスラックスとライトブルーのブラウスを着ている。

「オフィスに行くのか?」デッカーはいった。

「いいえ」ハーロウは戸口で振り向いて答えた。「あなたとわたしはサン・バーナーディーノ郡へ戻って、例の許可申請を出したアレス・アヴィエーションの人たちと話をする」

「そうか、わかった」

「同意してくれてよかった」ハーロウは部屋を出た。

デッカーは窓の外に広がっていく景色に目を向けた。その光景に、一瞬また目を奪われた。ロサンゼルスのダウンタウン高層ビル群が空に描くスカイラインが、床から天井までのガラス窓一杯に広がり、いちばん近い高層ビル群がほんの一ブロック先にあるかのようだ。この部屋は少なくとも地上二十階だろうと思いつつ、デッカーは立ち上がって窓辺に寄った。東の高層ビル群の位置からみて、このビルがあるのはウェストレイクの端だろう。ダウンタウンにこれほど近いことからして、とんでもなく高価な不動産だ。

デッカーはもう一度室内を見まわした。シンプルながらエレガントな内装、入念に磨きあげられた黒っぽい硬材の床。私立探偵が住めるようなところではなく、個人的な趣味やちょっとした置物のたぐいもまったくない。なにかを見落としているのか？ヘメットから戻る車内で眠りに落ち、駐車場で目が覚めた——が、沿岸の近くなのだろうと思ったのはたしかだ。エレベーターに乗り込み、アパートメントに足を踏み入れたのは覚えているが、覚えているのはほぼそれだけだった。ここはホテルか？そうだとしたら、かなり高級なホテルだ。顔を洗おうとバスルームに行くと、清潔なダークグレーのタイルとつや光りする黒い御影石の洗面台が目に付いた。なにもかも最高級だ。

デッカーはシンクで顔を洗い、鏡のなかから見返してくるくたびれた男をじっと見つめた。あの贅沢なベッドでなら、もう二十四時間、もしかしたらもっと長く眠れるだろうが、そんなことをすれば、目覚めるころには好機の窓が閉まっている。スティール上院議員の娘の身に実際にはなにが起こったのか、それをとことん探るためには、すばやく動きつづけなければならない。

一歩でも二歩でも先を行き、敵を焦らせておく必要がある。調査のペースをこのまま保ち――ロシア人やイージス・グループの邪魔が入るまえに――次のパズルのピースが見つかるといいのだが。

デッカーは顔を拭き、高級なタオルにホテルのマークがないかと調べた。なかった。ここはハーロウが所有していたりするのか？　そう思わずにはいられなかった。ベッドルームから出る途中、また窓の外に目を向けた。メトロポリタン拘留センターは小さな高層ビル群から一キロも離れていないだろう。元SEALを撃ったジャパニーズ・ヴィレッジ・プラザはさらに近い。いい部屋だが、必要がないなら、もう泊まりたくはなかった。

ベッドルームのドアをあけると、広々としたリビングルームが広がっていた。ベッドルームと同じく都会の眺望がのぞめる部屋だ。ステンレス鋼の電化製品、洗面台と同じ御影石のカウンター、つや光りする硬材が北欧風の家具ばかりのアパートメントの背景となっている――家具のほとんどは眺めを引き立てるように配置されていた。

ガラスに囲まれたリビングルームとキッチンとを隔てる明るい色に仕上げられた木のテーブルに、ハーロウはついていた。デッカーはアパートメントを見まわしつづけたが、フレーム入りの写真もなければ、個人的な趣味を示すものもまったくなかった。ここを借りたばかりなのか、それとも、ハーロウ・マッケンジーには私生活があまりないのか。人に見せたいと思うようなものがないのはたしかだろう。デッカーの視線がキッチンの隣の閉じたドアで止まった。

「もうひとつベッドルームがあるのか？」デッカーはいった。

「オフィスよ」ハーロウがいった。「主寝室《マスター・ベッドルーム》は洗濯室の隣。眺めがないのは残念だけど、都会の光や音のせいで夜中に眠れないことだってある。ダウンタウンではしょっちゅうなにかしら起こっているから」

デッカーは気づまりな笑い声を上げながら、テーブルに歩み寄った。「すまない。ちょっと下世話に聞こえるかもしれないが、ここはきみの家なのか？」

デッカーが椅子に座ると、ハーロウはコーヒーをおろした。「そういうこと。なるほどね。わたしがかつかつで暮らしているおせっかい焼きの私立探偵で、ロサンゼルスの人身売買問題で小金を稼ぎつづけるか、請求書の支払いを心配するかで悩んでいると思ってたのね？」

「どう思っていたか、自分でもよくわからないが、ここは目玉が飛び出そうなところだから」

「覚悟して聞きなさいよ」ハーロウはいった。「ええ。このアパートメントも、それからほかにもいくつか、ロサンゼルスに不動産を所有している。この仕事はとてもうまくいっている。ワールド・リカバリー・グループにはおよばないけど、利益の出るやりがいのあるニッチな分野を開拓してきた」

「だろうな」デッカーはそういい、コーヒーを顎で示した。「もらっていいか？」

ハーロウがカラフェを手渡した。

「エスプレッソが好きなら、外に飲みに行ってもいい。でも、これもおいしいのよ」

デッカーはカップにコーヒーを注ぎ、香りを嗅いだ。いい香りだ。

「コナ・ブレンドか？」

「そう。あなたのためにおいしいのをあけたのよ」

「ありがとう」デッカーはいい、マグをハーロウに向けて掲げた。「ほかにもすまない――いろいろと」

「いわないで」ハーロウはトースターの横のカウンターに置かれたベーグルを指差した。「今朝はセルフサービスで」

「すごいな。ベーグルなんて久しぶりだ」デッカーはいった。プラスティックのトレイに載せて食べなくていいのも、ありがたかった。

「ひとつ訊いていい？」ハーロウがいった。

「ああ」

「昨日の晩、連中はあの家を吹き飛ばしてあなたをはめただけじゃない、といっていたでしょう。どういう意味？　きっとあなたの――」ハーロウがことばを切った。顔に苦悩の色が浮かんでいた。「ごめんなさい。答えなくていい。訊くんじゃなかった」

デッカーはベーグルを持ってきてテーブルにつき、コーヒーをもうひと口飲んだ。

「いいさ。事実だ。もうおれにはどうすることもできない」デッカーはいったが、いまいったことは自分でもまったく信じていなかった。「ペンキンによると、クラブにやってきた連中は怒り狂っていたそうだ。当然だ。ロシア人はメガン・スティールを永遠に消すことになっていたのに、そうしなかったのだから」

「そして、あなたはメガンを見つけた」ハーロウがいった。

デッカーはうなずいた。「メガンを送り届けてきた連中を、ペンキンは単にアメリカ人連中と呼んでいたが、そのアメリカ人連中は、そっちで片をつけろとロシア人たちに詰め寄った」

「その連中が何者かわかるような情報は引き出せた？」

「すでにわかっている以上のことはなにも。ペンキンがいうには、ブラトヴァと同じく、元軍人だったそうだ。特殊部隊とか、そういったたぐいの」

「軍事請負会社のような感じね」ハーロウがいった。

「そうだ。ただ、意外なのはここから先だ。あの家の罠を仕組んだのは、はじめから終わりまでそいつらだというんだ。ペンキンの組織の連中はあの運命の救出作戦の五日まえに、そこを引き払っていた、と」

「待って。それって、あなたがあの家の監視をはじめるよりもまえじゃない」ハーロウが訝《いぶか》しげに目を細めていった。「FBIが四人の成人男性の臓器の出所をたどって、ブラトヴァの組織に行きついたのかと思っていたけど？」

ハーロウはおれよりも早くそこに気づいたようだ。

「そういうことになっているが、この謎の連中が救出作戦の五日まえに家に入っていたのだとしたら、まったく辻褄が合わなくなる」デッカーはいった。「なぜロシア人がそこにいる？」

「ペンキンが嘘をいった？」

「嘘とは思わない」デッカーはいった。「もっとある。このアメリカ人連中はブラトヴァにもうひとつやってほしいことがあるといったそうだ」デッカーは不意にうまくことばが出てこなくなった。「ペンキンがそれを断ると、連中はその仕事をしてくれたら、かなりの額の金を出すといってきたらしい」

「あのけだものたちなら、金額に納得できれば、実の母親でさえ奴隷に売る」ハーロウがいった。

「納得できる金額ではなかったようだ。あるいは、ブラトヴァにもできないことがあるのかもしれないが」デッカーはいった。「その申し出は断ったとペンキンはきっぱりいっていた」

「ブラトヴァにできないことなんかないわ。ほんとうよ」

「とすれば、とばっちりを喰らいかねなかったから、その仕事を受けなかったのだろう」

「それでもブラトヴァは罪を負わされた」ハーロウがいった。

「だが、ブラトヴァは自分たちに盾突《たてつ》く者がどうなるか、はっきり示さなければならない。それで人を殺しても、自分たちに結びつけられることなどないと高をくっていた」デッカーはいった。「無料広告というわけだ」

「胸が悪くなる」ハーロウがいい、皿を遠ざけた。

　ほんの一瞬、妻と息子の顔が頭をよぎり、泣きそうになった。もう何カ月も急に涙することなどなかった。記憶が薄れたわけではない。家族の記憶を脳裏の部屋にしまう術《すべ》を身に着けただけだ。しばらく引き出してめでたら、なにも手が付かなくなったりするまえに、またしまえるようになった。ハーロウが泣きそうな顔になっていた。どうやらしまうのが遅れたようだ。

「胸糞《むなくそ》の悪くなることを吐いてくれたものだ」デッカーはいった。「だが、おかげでどこに目を向ければいいか、はっきりした。おれが駐車場で殺した元ＳＥＡＬが、メガン・スティールをロシア人に引き渡した連中とつながっているのはまちがいない。それから、アレス・アヴィエーションだ。やり方しだいでは、はじめからかかわっていた連中を引っ張り出すことができるかもしれない」

「うちの機密情報隔離チーム《ＳＣＩＦ》に、あなたがわたしの携帯電話で撮った写真をもとに、死んだ男の身許を特定させることもできるけれど」

「きみの会社にＳＣＩＦがあるのか？」

　デッカーがワールド・リカバリー・グループの作戦支援のために設立したような専属のＳＣＩＦは高くつき、多大な資源を要した。

「ＳＣＩＦと聞いてふつう思い浮かべるものとはちがうけれど」ハーロウがいった。

「情報収集のために決まったスペースを維持しているわけではないし。危険すぎるから。ロシア人、FBI、もしかしたら、わたしを常に監視しているカルテルを相手にするならなおさら」

「くそ。FBIに目をつけられているなんて、たいした大物だな」

「心配しないで。わたしが目をつけられているわけじゃない」ハーロウがいった。

「うちの組織へのハッキングを試みている。コンピュータ担当はそう信じている。だから、あちこち移動させている」

「何人雇っている?」

「それはささやかな秘密」ハーロウがいい、コーヒーを飲んだ。

デッカーははっきり感じ取っていた。昨日、ハーロウは小規模の支援部隊に自分たちのあとをつけさせていた。午後に二度、そして夜遅くへメットから帰る途中で一度、車を乗り換えた。やり方はいつも同じだった。ハーロウがいきなり脇道にそれ、そこで待機していた車と交換する。必要とする物資や道具は新しい車に積んであった。シンプルだが有効な方法であり、ハーロウとその作戦とのあいだに必要な〝緩衝材〟となった。

「それからケイティは無事か?」デッカーはいった。「ショッピングプラザですばらしい働きをしてくれた」

ハーロウは訊かれてすらいないかのように振る舞った。それも秘密ということだ。

15

ＦＢＩのジョーゼフ・リーヴズ管理官は携帯電話をおろした。信じられない。黒縁の眼鏡を顔にぴったり押しつけ、キンケイド特別捜査官に顔を向けた。

「マット。おれがいま聞いたことを、おまえは信じられないだろう」

「これよりすごいのがあるとは思えませんが」キンケイドがいい、ブラトヴァのクラブの裏でハエを惹きつけている死体の山を顎で示した。

十人余りのＬＡＰＤとＦＢＩの合同現場検証捜査員が殺害現場で写真を撮ったり、証拠を採取したりしていた。実のところ、ちょっとした戦闘現場のようだった。ひどく一方的な戦闘。ロシア人たちが蹴散らされていた。死者七人。負傷者ふたり。彼らの体は徹甲《てっこう》弾による損傷を受けていた。その銃弾は、ＳＵＶの下から見つかったＰＰ－２０００サブマシンガンから撃たれたと思われる。

そのサブマシンガンは、最新世代の徹甲弾が撃てるロシア特殊部隊用の武器として設計された。そして、アルコール・タバコ・火器及び爆発物取締局《ATF》の禁輸リストの最上位に位置している。クラブのなかでさらに二挺《ちょう》と、徹甲弾の弾倉を何十個か見つけたと知ったら、リーヴズのATFの仲間はいい顔をしないだろう。それについてはATFにやってもらうしかない。いまつかんだ情報に比べれば、禁輸されている武器がいくつか見つかったことなど、色褪《あ》せて見える。

「昨日の晩ここに着いたときにおれがいったことを覚えているか?」リーヴズはいった。

「因果応報、か?」キンケイドがいった。

「そのあとだ」

キンケイドが首を振った。「コーヒー切れで考える気になりません」

「こんなことをする動機と伎倆を持ち合わせている人間は、地球上でたったひとりしか思いつかない、といった」

「〝動機〟じゃなく、〝度胸〟だったと思いますが」

「たぶんな。長い夜だったから」リーヴズはいい、キンケイドの肩に手を置いた。「だが、ばかげていると打ち消した。そいつは連邦刑務所に収監されている――どれだけ早く仮釈放が認められても、五年ははいっているはずだ」

「デッカーですか?」

「デッカーだ」リーヴズはおうむ返しにいった。「おかしなことに、あいつがこれをしたような気がしてならなかったから、ヴィクターヴィルに電話した」彼はことばを止め、目のまえの血みどろの光景を見つめた。「デッカーは外に出ている」

「脱走したんですか?」キンケイドがいった。「どうしてこっちに連絡が来なかったんです?」

「いや、ちがう。脱走はしていない。昨日の朝、拘留センターから釈放された」

「待ってください。なんですって?」キンケイドが片手を上げていった。

「聞こえただろ。デッカーは昨日の早朝、ダウンタウンの拘留センターに移され、午前十時ごろに自由の身になった。釈放されたんだ。出し抜けに」

「そんなの、あるんですか?」

「知るかよ」リーヴズはいった。「メトロポリタン拘留センターが書類を提出している。どうも連邦刑務所局は、恩赦の申し立てに基づいて、ミスター・デッカーが減刑に相当すると思ったようだ」

「なにに基づいてですって?」

「それは難問だが、いまのところ明確な答えはない」

「そうですか。デッカーはどういうわけか釈放され」キンケイドがいった。「十二時間も経たないうちに、彼の人生を破滅させ、家族を殺した人間が拉致された」

「点と点をつなぎ合わせるのは、まあ簡単だ」

「この現状を気の毒に思うのは、簡単ではありませんが」

「同感だ。だが、彼の釈放には問題がある。ヴィクターヴィルの刑務所長はデッカーの恩赦に同意した覚えも、書類にサインした覚えもないと断言している。刑務所長の裁量のはずだが。デッカーの移送は公判のためだと思っていたそうだ」

「その公判は、デッカーが釈放される三日まえに取り下げられています」キンケイドがいった。

「デッカー釈放に関する書類も、移送指示と同様、明らかに偽物だ。だが、どんな手を使った？　忍者みたいにコンピュータへの侵入作戦を敢行するしかない」

「しかも、こんなドンピシャなペンキンの所在情報までつかんでいたとは」

「まったくだ。昨日の晩ペンキンがどこにいたか、おれだってはっきりわからなかった。ロサンゼルス支局のロシア系組織犯罪対策班を指揮しているというのに」リーヴズはいい、やれやれと首を振った。

「すぐ思いつくのは、ＬＡＰＤから情報が漏れたという説ですが」

「かもな」リーヴズはいった。「ノース・ハリウッド管区のある種の業界では、この場所は秘密でもなんでもない。だが、例のちょっとした慣例が長年つづいてきて、それを打ち破った者はひとりもいない。おまえもいっていたが、対象を絞った情報収集が必要になる」

「わかりきったことの専門家になるつもりはないのですが」キンケイドがいった。「ペンキンを探し出す必要があります。生きているにせよ、死んでいるにせよ、ペンキンが見つかれば、デッカーにつながるはずです」

「厳密にいえば、われわれはデッカーを探すわけではない。連邦刑務所局が脱走者逮捕状か誤釈放証明を出すまでは。いずれも、早くても明日になるまでは出ないだろう。山ほど調査しないといけないからな」

「というと、たまたまデッカーに出くわした場合、そのまま逃がすのですか？」

「デッカーを見つけられるとはとうてい思えないが、見つけられたら、調べ上げるまでだ」リーヴズはいった。「あいつの持ち時間はじきになくなる。そのときにあいつのそばにいたい」

手がかりは多くなかった。撃たれたロシア人のひとりが救急隊員に語ったところによると、この建物は攻撃される直前に警察の監視下に置かれていたという。灰色のセダンをセパルヴェーダ・ブルヴァードのさらに南に停車させていた女の顔には、見覚えがあったともいっていたらしい。LAPDはその証言を確認できなかったが、心に留めておかないといけない。デッカーを釈放させたネットワークの一部なのかもしれない。

そのほか、現場検証の捜査官が、路地の擁壁《ようへき》まえに放置されていたウィスキーの瓶《びん》を見つけた。分析はこれからだが、瓶のなかに入っていた茶色の液体は、ハードリカーというよりは、甘いアイスティーのようなにおいだという。指紋は見つからないだろう。おそらくデッカーは酔っ払いのホームレスを装ってクラブの裏口に近づき、路地の見張りを無力化したのだろう。この界隈《かいわい》は、隅っこなどに潜むホームレスにはことかかない。LAPDとFBIは、手がかりを求めて近くのホームレス・シェルターやテント村などをしらみつぶしにあたることになる。

「マット」リーヴズはいった。「LAPDに連絡して、昨日デッカーが拘留センターを出てからいままでのあいだに、なにか変わったことが起こらなかったかたしかめてくれ。殺人や行方不明者の通報を中心にな。ペンキンを拉致するまでに、デッカーが騒ぎを起こさなかったとは思えない」

「了解しました」キンケイドはいい、現場を見まわした。「いってしまいますが、デッカーはこちらの便宜《べんぎ》を図ってくれました」

「デッカーは運が良かった。いや――運が良かったのは十人の子供たちだ」リーヴズはいった。「ここでどんなものが待ち受けているか、ロシア人側がどう反応するか、デッカーには見当もつかなかっただろう。前回のように、子供たちごと吹き飛ばされた可能性もあった。証拠を隠滅するために」

「あまり過激なことはなかったようですが」

「二年まえにデッカーのせいで殺された子供たちの家族にそういってみろ」リーヴズはいった。「おれに甘いことをいうな、いいか？」

「わかりました。こうなってほっとしただけです」

「おれもだ。ロシア人があの部屋をティーンエイジャーの細切れの遺体で一杯にしていたら、次にかける電話がどういうものになるか、想像もできない」リーヴズはいった。「それでなくともひどい」

「スティール上院議員ですか？」

「この電話に備えて散歩でもしてくる。おれがいうことは上院議員のお気に召さないだろうから」

「ご冗談を。あなたは上院議員のお気に入りだ」キンケイドがいった。

「この電話をかけたら、そうじゃなくなるさ」

16

マーガレット・スティール上院議員は受話器をにぎりしめるあまり、プラスティックの受話器にひびが入るかもしれないと思った。

「スピーカーフォンにさせてもらうわ」彼女はいったが、政府資産を壊さずに済むかどうかあやしいと思った。「ちょっと待って。こういうことには疎《うと》いのよ」

「回線が切れたら、すぐにかけ直しますよ」リーヴズがいった。その声には、まちがいなく張りつめたものがあった。

スティールは目を閉じて何度か深呼吸してからスピーカーフォンに切り替え、受話器を戻した。横の壁に飾っている写真に目を向けずにいようと、持ち合わせている自制心をすべてかき集めなければならなかった。ひとめ見れば、世界がひっくり返ったあの日から築き上げてきた冷静なうわべにひびが入ってしまう。

この数日は――娘をひどい目に遭《あ》わせたけだものどもが放免されるのを黙って見て

いるしかなくて――それでなくてもつらかった。二十年かけて積み上げてきた権力と影響力も、結局こんなものだ。証拠の出所と信憑性に関する新事実が明らかになり、司法省はヴィクトル・ペンキンとその一味を公判にかけるリスクを冒せなくなったのだ。

連邦検事局が敗訴すれば、その影響は数年にわたり、将来の訴訟まで危険にさらされる。まっさらな証拠に基づいて、起訴に向けて一から積み上げたほうがいい。食いついて離れないように、とか。そうでしょうよ。あの連中には人生を台無しにされた。同じ目に遭わせてやりたい。千倍にもして。スマートウォッチが振動し、心拍数が百十を超えたことを知らせた。何度かゆっくりと呼吸すると百以下になった。落ち着いた――たぶん。

「ジョー？　切れてない？」

「はい、議員」リーヴズがいった。その声が上院議員のオフィスに響き渡った。

「ありがとう。冷静さをとり戻すのに多少時間が必要だった」

「わかります」リーヴズがいった。「今週は、その……いい一週間ではありませんでしたから」

「くそみたいな一週間だったわ、ジョー。とことんくそみたいな」

「たしかに」

「もうはっきりいうわ、ジョー。いったいどうして《ハウ・ザ・ファック》こんなことになったの?」スティールはいった。「それはそうと、汚いことばづかいは失礼」

「その回答は持ち合わせていません、議員。刑務所局も同様でしょう」リーヴズがいった。「ヴィクターヴィルの刑務所長はデッカーが釈放されたことも知りませんでした。私からの連絡で知ったんです」

「待って。あなたがどうしてその件に深くかかわっているの?」

「厳密にいえば、かかわっておりません」リーヴズが答えた。「どう説明していいかわからないのですが、デッカーについて調べていました。もっと大きなお知らせがあります」

「ジョー、今日はこれ以上悪い知らせに耐えられそうもないわ」スティールはいった。

長い間が空いた。「申し訳ありません。長い夜でして、日にちの感覚を失っていました。すみません。ニュースで見るよりも、私の口からお知らせしたほうがいいと思っただけです」

「お気遣いありがとう、ジョー。この件ではずっと、あなたはよき友人で、頼りになる味方だった」スティールはいった。「もうひとつの知らせというのは? 手早く済ませたほうがいいわね」

「必ずしも悪い知らせではありません」リーヴズがいった。「昨晩、クラブのひとつからペンキンが拉致されました。いまその現場におります。ロシア人の死者は七人。ふたりが重傷です。死者のひとりはクズネツォフです。十人の子供たちが無傷で保護されました」

「すばらしい知らせにしか聞こえないけれど」スティールはいった。「なにか裏があるの？　待って。デッカーがからんでると思っているの？」

「はい。ヴィクターヴィルに連絡したのも、それが理由です。この惨状を目にし、ペンキンが連れ去られたと判断されたときに、まっさきに頭に浮かんだ名前がデッカーでした。ペンキンが死ぬことを願っている者は大勢いますが、その筆頭はデッカーです。偶然のはずがありません」

「ええ。偶然ではない。デッカーについてなにか手がかりは？」

「拉致現場からはなにも。ただ、かなりの手助けを得て実行したのは明らかです」リーヴズがいった。「また、デッカーはこれで終わりにすることはない、と私は考えています。また水面に浮上してきます。そのときこそ、我々は彼をとらえます」

「わたしも狙われると思う？」

「それは考えられません、議員。ただ、デッカーがヴィクトル・ペンキンを痛めつけて殺すために、うまく手をまわして自分を釈放させる可能性はあるかと、先週の時点で訊かれていても、同じ答えだったと思います」

「それについては、同感するとはいえないわ、ジョー。デッカーはあのけだものを拷《ごう》問《もん》して殺したくてしかたないはず」スティールはいった。「個人的な経験から、わたしにはわかる」

「わかります、議員」リーヴズがいった。「私にわかる範囲ではありますが」

「デッカーがわたしに狙いを付けないことを心から願うけれど、高をくくるわけにもいかない。デッカーの収監には、わたしもひと役買ったんだから」

「あなたと私の両方です」

「だったら、あなたも背後に気をつけたほうがいいわね、ジョー」

「正直、それは考えもしませんでした」

「デッカーを探し出し、刑務所に——デッカーのいるべき場所に——戻してもらわないといけない」スティールはいった。「あの男がまた収監されるまでは、おちおち眠ることもできない」

「すでに着手しています」

「随時報告して。お役所特有の壁にぶつかったら連絡して。できるかぎり除去するから」

「ちょっとお待ちください。情報が入ったかもしれないので」

スマートウォッチがまた振動した。スティールは待てるだけ待った。「ジョー。どうなってるの？」

「どうやら、昨日の朝、ジャパニーズ・ヴィレッジ・プラザで殺人事件が発生していたようです。デッカーがダウンタウンにある市の拘留センターから釈放されて一時間も経っていないときに。そのプラザは拘留センターの二ブロック先です」

「その事件が関係していると百パーセント確信しているの？」

「いいえ。ただ、殺人事件の発生時刻に、なんらかの群衆パニックが起こっていたようです。何者かが昼時の人ごみにいくつか発煙筒と警察用の閃光手榴弾を投げ込み、パニックを引き起こしたとのこと。殺人事件の被害者は、その近くの屋内駐車場の階段で発見されました。頭部に二発。ＬＡＰＤによれば、ワイヤレス通信機器を身に着けていたそうで、そばでその機器が踏みつぶされていました。被害者の指紋のついた拳銃も階段で見つかりました。海軍特殊部隊ＳＥＡＬｓの隊員がよく入れているタトゥーが、被害者の体にもありました。ＬＡＰＤは軍事契約会社の契約社員のたぐいだと考えていますが、彼らのデータベースには登録されていません」

「どう考えればいいかわからない。あなたの直感は?」

「第一印象ですか? デッカーはその殺人事件とは無関係で、驚くべき偶然にすぎないのか。あるいは、なんらかの形でかかわっているのか。かかわっているのだとしたら、そこから先は霧のなかです。被害者がデッカーの協力者だったのであれば、被害者を殺した別の人間がそこにいたことになる。被害者がデッカーを殺そうとしていたのであれば、まあ——その試みは失敗に終わった。デッカーが被害者を殺したか、デッカーの共犯者が殺した」

「どちらにしても、デッカーが大きくかかわっているのはたしかね」

「そのように思われます。偶然かもしれませんが」

「偶然だなんて思ってないんでしょう?」

「ええ」リーヴズはいった。「なにかもっと大きなことが進んでいるのかもしれません」

「随時連絡して、ジョー。何時に電話をくれてもかまわない」上院議員はいい、ボタンを押して通話を終えた。

受話器を戻した手が震えていて、スマートウォッチをつけている手首もまだ振動している。スティールはスマートウォッチをはずし、机に置いた。今日はこの先、そんなものをつけていてもしかたない。この一週間はたぶんずっとそうだろう。

デッカーはほんとうに自分に危害を加え、殺そうとするだろうか？　そんな恨みを抱くいわれがあるだろうか？　スティールは人生を台無しにされた責めをデッカーに負わせた。その理由を——彼女があれほど執拗《しつよう》にデッカーを追いつめた理由を——いちばんよく知る者がいるとしたら、デッカーではないのか。

デッカーはメガンの命を賭《か》けて、負けた。そのせいでスティールの娘と夫は命を落とした。デイヴィッドが自殺して今日で一年になる。デッカーの傲慢さが最後に生み出した犠牲者。夫はテラスの下へ潜り込み、二十四年にわたるショットガンとのすばらしい友情に終止符を打った。こんな最悪の人生を妻に押しつけたとはいえ、デイヴィッドのことは赦してやれる——長年のあいだひどい鬱と闘い、メガンを心から愛していたのだから——でも、ライアン・デッカーだけは絶対に赦せなかった。

スティール上院議員はハンドバッグをつかみ、ブザーを鳴らして秘書を呼んだ。オフィスからかけられない電話をかける必要があった。

「スコット。どうしても新鮮な空気を吸いたくなったの」スティールはいった。「ちょっと散歩に出てくる」

「だれかつけましょうか？」

「いいえ。ひとりの時間が必要だから」

「承知しました」スコットがいった。「あまり長く歩きまわったり、遠くへ行ったりはしないでください。みんな心配しますから」

「大丈夫よ」スティールはいった。「場所を変えて頭をすっきりさせたいだけだから」

「だれかにあとをつけさせます」スコットはいった。「気にならない程度の距離をあけさせます」

スティールは食い下がろうとしたが、そのとき、デッカーのことを思い出した。人をつけてもらうのも悪くないかもしれない。

17

ガンサー・ロスは首を巡らし、ブラトヴァのクラブの脇道で起こっている騒ぎをよく見ようとした。新しいことも興味深いことも見えないまま、警察官が手を振り、ガンサーの車の運転手にセパルヴェーダ・ブルヴァードにゆっくり右折するよう指示した。クラブのまわりを十台以上のＬＡＰＤのパトロールカーやＳＵＶがとり囲み、通りかかった車を脇道に誘導していた。数台の覆面カーが非常線の内側でばらばらの角度で停まっていて、スーツや青いＦＢＩのウインドブレーカーを着た男女がいた。〝爆発物処理班〟のロゴが入った黒塗りのトラックが、ガンサーのクラブ入口への視界をさえぎった。

ここへ来たのは時間のむだだった。デッカーが裏からこそこそ逃げていたり、窓から逃げ出したりする場面に出くわすと思っていたわけではないにしろ。知らなければならないことは、すべてＬＡＰＤとＦＢＩ内部のイージスへの情報提供者から仕入れていた。午後十時ごろ、人数は不明ながら、何者かがブラトヴァのクラブを襲撃し、建物内にいたロシア人の大半を殺害し、ペンキンを連れ去った。

生き残ったブラトヴァの兵隊ふたりはどちらも、ペンキンがその夜のいつの時点においてもクラブにいたことを認めようとしないから、ペンキンの拉致は推測だった。クラブから救出されたティーンエイジの子供たちのなかには、襲撃の少しまえにペンキンに似た人相の人物がブース席に座っていたといっていた者が数人いたが、ブラトヴァの連中の半分は黒っぽい髪に黒っぽい目をし、首にタトゥーを入れていた。ひょっとすると、内部抗争の線もある。ペンキンの地位は拘留されているあいだに弱まっていた。ソルンツェフスカヤ・ブラトヴァの最高指導部が、この時点でペンキンは資産ではなく負債になったと判断したのかもしれない。連中が粛清《しゆくせい》を行うのははじめてではない。

ちがう。簡単に片づけたいのは山々だが、ガンサーはそこまでばかではない。ペンキンの失踪にはデッカーがからんでいる。ペンキンが口を割り、リッチのSEALsのタトゥーから生まれた疑念が裏付けられた——デッカーの救出作戦が失敗に追いやられた裏には、復讐に燃えるロシア人のほかにもかかわっている者がいることを、デッカーが知った——ということだ。

「くそ」ガンサーはつぶやいた。

「いまなんて?」ジェイがいった。狭苦しい界隈の細道で車をどうにか走らせている。

「ペンキンはおれたちにとって本物のお荷物になった」

「ペンキンが口を割ったらの話でしょう」ジェイがいった。「あの手のマフィア連中は筋金入りですよ」

「たしかにな。とはいえ、ヴィクトル・ペンキンが耳を切り落とされながらデッカーの顔に唾棄《だき》する場面を想像したいのは山々だが、おれは最悪の事態を想定して飯を食っている」

「ペンキンでもイージスを特定できませんよ。記録を読むかぎり、最初の接触チームは非常に厳格に手順を守っていました。金銭の受け渡しはなし。監視報告も問題なし。アメリカ人退役軍人の集団がメガン・スティールの解放に向けて交渉を試みて、大失敗に終わった。ペンキンにいえるのは、せいぜいそんなところです。そんな話を聞いても、デッカーになにができます?」

ジェイが自信たっぷりにつくり話を披露する姿に、ガンサーは満足した。いわれたことをそのまま信じている。メガン・スティール誘拐事件へのイージスの関与が明るみに出た場合、それが大きな意味を持つ。綿密に練られたつくり話であり、この作戦においてリーダー的役割を担《にな》っている選ばれた少数者に伝えられていた。真実を知っているのは、ガンサー、ハーコート、そしておそらくはフリスト上院議員だけだ。それは作戦にじかにかかわった工作員たちとともに、ずっとまえに葬り去った。ジェイと、現在作戦にかかわっているロサンゼルスのふたりのチームリーダーは、骨抜きされた真実を教えられていた。デッカーを秘密裡にすばやく無力化することがイージスの将来にとって極めて重要だという結論につながる真実を。

「デッカーを甘く見るな」ガンサーはいった。「重警備刑務所を出てから十二時間も経たないうちに、われわれのチームをすり抜け、西海岸トップのブラトヴァの幹部を拉致した男だ。率直にいって、今日デッカーがなにをするつもりなのか、少々不安を感じている」

「デッカーには、どこを探ればいいかといったたしかな手がかりがないといっているだけです」ジェイがいった。「ペンキンからなにを聞き出したとしても、たいしたことはできません。警察やＦＢＩに持ち込むわけにもいかないでしょう。すぐさま刑務所に逆戻りですから。当然、わずかばかりの情報を持ってスティール上院議員のもとへ行くわけにもいきません。上院議員がすぐさまデッカーを逮捕させるだけです。デッカーがどこへ駆け込むか、私にはわかりませんね」

「デッカーは驚くほど多くの資源《リソース》を持っている。おれにいえるのはそれだけだ」ガンサーはいった。「デッカーの先回りをする必要がある。駆け込むかもしれないところをリストアップしろ。デッカーにとって、そこが行き止まりだとしても、のこのこ出てきたときにとらえられる」

車の中央コンソールで、ガンサーの携帯電話が振動した。ガンサーはすぐさま電話に出た。

「ミスター・ハーコート。いま電話しようとしていたところでした」ガンサーはいった。「ミスター・ジェイ・レイドもここにいます。ノース・ハリウッドの現場のそばを通りすぎたところです。残念ながら、報告することはあまりありません」

「遠くから見ていたせいで、ホームレスの恰好をしたデッカーに気づかなかったのか？」ハーコートはいった。

ジェイは天を仰ぎ、肩をすくめた。

「はい。現場は警察だらけでした――それからＦＢＩも」

「次のステップは？」ハーコートがいった。「答えを聞くまえにいっておくが、ステイール上院議員は現在の事態に関してすでに報告を受けている」

「現在というと？」

「いまのいまだ。リーヴズ管理官のおかげだが」ハーコートがいった。

「デッカーが釈放されたことも、ペンキンが拉致されたことも知っている」

「FBIはどうやってこれほど早くデッカーのことをつきとめたのですか？」

「リーヴズだ」ハーコートがいった。「あいつがいるときには気をつけろ。リーヴズも必ずデッカーを探す。くれぐれもFBIとはもめないようにしろ」

「わかりました。面倒なことになりますね」ガンサーはいった。

「きみにあれだけ払っているのは、簡単な問題を解決させるためじゃない。どうするつもりだ？」

「ヘメットで失敗に終わった救出作戦に別組織がかかわっていたことをペンキンが白状したと仮定して、デッカーの先回りをします。この情報を得てデッカーが駆け込みそうなところをリストアップしているところです。そして、デッカーが浮上してきたら仕留めます」

「肉が伴っていないようだが。細かい点も少し説明してもらおうか」

「街全体に張り巡らしてある監視網には引っかかっていません」ガンサーはいった。

「昨晩、デッカーは幽霊のようにどこからともなく現れ、ペンキンをつかまえてまたすぐに消えた。何度か引っかかってくれないことには、デッカーを探し出すのは干し草の山に落ちた一本の針を探し出すようなものです」

「干し草の山に落ちた一本の針をどうやって探し出すか、知っているか？」

「いいえ」ガンサーはいい、首を横に振った。

「針を踏みつけるまで裸足で干し草の山を踏むのだ」ハーコートがいった。「ロサンゼルスという干し草の山を踏みはじめろ。その男を是が非でも探し出す必要がある。危険にさらされるものが大きすぎる」

「了解しました」ガンサーはそういったが、ハーコートのいったことがどういう意味か、よくわからなかった。

「そちらの作戦本部にいくつか書類を送っておく。デッカーの調査をする権限がスティール上院議員によって許可されたことを示すものだ。処理方法にはくれぐれも気をつけろ」

「やってみます」ガンサーはいった。

「よし。スティール上院議員もわれわれと同様、やり残しを片づけたがっている」そういうと、ハーコートが電話を切った。

ガンサーはジェイに顔を向けた。部下は少し困ったような顔だった。

「スティール上院議員がこの件でやり残したと思っているものは、ハーコートの思っているものとはまるでちがうんでしょうね」ジェイがいった。

「多少な」ガンサーはいった。

「そうだ。あなたが電話に出ているあいだに思いついたことがあります。ヘメットと聞いて。見込みちがいかもしれませんが、デッカーがペンキンを元々の犯罪現場に連れていったとは考えられませんか?」

「ふむ。たしかに、あそこなら周囲から孤立している」ガンサーはいった。「拉致した人間を連れていくには持って来いだ。おそらく、だれも目をつけるとは思えないところでもある」

「あるいは、目をつけたくもないところ」

「たしかにな」ガンサーはいい、じっくり考えた。「ほかに手がかりがあるわけでもない」

18

デッカーは半分しか車が停まっていない駐車場を見まわした。警戒すべきものは見当たらなかった。アレス・アヴィエーションは、リヴァーサイド市立空港近くの静かなL字型のショッピングモールの隅にあった。ショッピングモールは、空港を中心としたビジネスパークに組み込まれていて、どの看板やロゴを見ても、空港や空港の利用客のニーズに応《こた》える会社ばかりだと思われた。

デッカーはハーロウを一瞥し、やれやれと首を振った。「逮捕されるかもしれない、ということはわかってるんだな?」

ハーロウは上着の襟につけたプラスティックのバッジホルダーを、効果的にさらけ出した胸の谷間の近くに付け直した。デッカーはアレス・アヴィエーションのオフィスに目を戻した。

「バッジのどこにも〝連邦航空局《FAA》〟とは書いてない。うしろのロゴは国土安全保障省のもの。相手がこれにばかり目が向いてロゴに気づかなくても、わたしのせいじゃない」

「まえにもしたことがあるわけだ」デッカーは断言した。

「まさにこのオフィスで」ハーロウがいった。「わたしにまかせて」

「相手が女だったらどうする？」

「心配しないで。女が気づくまえに、男のだれかが代わるから。それに、うまくいかなかったら、あなたに行ってもらう。せいぜいご婦人がたに魅力を振りまいて」

「おもしろい」デッカーはいった。「きっとムショ帰りの魅力にうっとりだ」

「とにかく、説得力なんか必要ない。少しばかり警戒させるだけでいい。だれかが電話をかける程度に。あのオフィスにも、あなたについて注意喚起されている人がきっといるはず」

「おれたちについてだ」デッカーはいった。「おれに協力者がいることを連中は知っている」

「かえって好都合よ。向こうの好奇心をかき立てる必要があるから」

「防犯カメラがあったら、きみの身許がばれるぞ。そうなれば、この街ではとても暮らしにくくなるかもしれない」

「今度は意味不明なことをいうのね」ハーロウがいった。「わたしは殺し屋集団と警察に追われている逃亡犯をかくまってるのよ。いまはおそらくＦＢＩにも追われている。これ以上どれだけ暮らしにくくなるというの？」

「まじめな話だ。あそこでは気をつけろ。おそらく、向こうはこっちの動きを予測しているぞ」

ハーロウは一瞬、真顔になった。「気をつける。電話を通して会話はすべて聞けるようにする。こっちでなにかあったら、クラクションを鳴らして」

「時代遅れの方法のほうがおれにはしっくりくる」デッカーはいった。

「最終チェックして。わたし、どんな感じ？」ハーロウはいい、シートに座ったまま身をまわした。

デッカーの目はすぐに胸に惹き付けられた。

「わかった？　心配はいらないわ」

「あまりいい気になるなよ」デッカーはいった。「おれは刑務所を出たばかりだぞ」

「あとでね」ハーロウはいった。

ハーロウは駐車場を横切り、アレス・アヴィエーションのオフィスに消えた。デッカーは電話のボリュームを上げ、ダッシュボードに置くと、会話に耳を傾けながら、不安要素はないかと駐車場を何気なく見まわした。八分後にハーロウが戻った。求めた情報はひとつも得られなかった――が、それは予想通りだった。車に乗ると、ハーロウはフォルダーを肩越しに後部席に放り、肩をすくめた。

「うまくいったと思う」ハーロウがいった。「こうして話しているあいだにも、このことを報告しているでしょう」

「話を聞いていたかぎりでは、そんなことはわからなかったが」

「わたしにはわかった」ハーロウが偽のバッジを外してフォルダーの上に放った。

「前回話したのと同じ男が受付にいた。バッジには一度も目をくれなかった」

「だろうな」

「胸も見なかった」ハーロウがいった。「顔に視線を合わせているのに、目は合わせなかった。怯《おび》えていた。しきりに奥に目をやっていた。わたしもちょっと怖くなるぐらい。わたしとの会話を同僚に聞かれたらどうしようと、びくびくしている感じだった。前回はそんなんじゃなかったのに」

「たぶん、その理由はすぐにわかる。よくやった」デッカーはいった。「防犯カメラは？」

「残念ながら」

「きみのアパートメントにも、きみとのつながりがすぐにわかる場所にも戻れない」

「安全な隠れ家はたくさんある」

「よかった。これから必要になる」デッカーはいった。「これからどうする?」

「通りの反対側に車を停めて、そのアメリカ人たちが現われるのを待つ」ハーロウがペンキンのひどいロシア語なまりを真似ていった。

「うまいものだ」デッカーはすぐにいった。

「ほんとうに?」

「そうでもないか。ナターシャ・ファタール（アメリカのテレビアニメ『空飛ぶロッキーくん』に登場するロシアの女スパイ）みたいな声だった」

「おもしろい人みたいね」ハーロウはいい、車のエンジンをかけた。

「アニメのキャラクターさ。古いアニメの」

「年がばれるわよ、デッカー」

「冷戦時代のアニメだ。おれはそこまで年よりじゃない」

ハーロウは笑みを浮かべ、首を巡らせてなにかいいかけたが、ことばが出てくるまえに口を閉じた——急に思いとどまったかのように。ギアをドライブに入れ、駐車場を出ると、エアポート・ドライブを南に向かった。数ブロック走ってからUターンし、ビジネスパークに戻り、アレス・アヴィエーションが入っているショッピングモールとは、通りをはさんだ向かい側の駐車場に入った。そして、アレス・アヴィエーションの出入り口と隣の駐車スペースがはっきり見えて、しかもなるべく目立たない場所に車を停めた。

「どのぐらいかかるか賭ける?」ハーロウがいった。

「カネは一ドルも持っていない」

「冗談よ」

デッカーは肩をすくめた。「刑務所ではみんななにかというと賭けをしていた」

「タバコ。ガム。売店でのおごり」

「『ショーシャンクの空に』の見すぎだ」デッカーはいった。「ラーメン。切手。ドラッグが検出されない尿で膨らませたコンドーム。それとはちがった用途のコンドーム」

「うわっ。そんな話、振らなきゃよかった」ハーロウがいった。「で、あなたはなにを賭けたの?」

「ほんとうに知りたいか?」

「別に」ハーロウがあやふやに答えた。

しばらくしてから、デッカーは答えた。

「自分の命を賭けた。刑務所で二度目の襲撃を受けてから、おれは勝ち目の薄い賭けの対象になった」デッカーはいった。「六回目の襲撃が失敗に終わったころには、監房棟のラーメンがあらかたおれのものになり、だれもおれが死ぬほうに賭けなくなった」

「ひどい話ね」

「ラーメン好きなら、そうでもないさ」

19

ガンサーは重い足取りで斜面をのぼった。一歩踏み出すごとに、ブーツに踏まれた砂が崩れた。額の汗を手でぬぐい、うなるような声を漏らした。救出作戦が大失敗に終わった現場まで、太陽に焼かれた砂地がまだ数百メートルも続いている。皮肉にも、あの運命の日、デッカーの急襲チームのひとつがこの同じ道を使ってあの家に向かった。ガンサーはドローンのオペレータが撮影する赤外線映像で、急襲チームがくねくねと砂丘を進むさまを見ていた。そして、すべてのチームがあの家のなかに入るまで辛抱強く待ち——すべてを吹き飛ばす爆弾を起爆させた。

同じ経路をたどることにしたのは、ほかの関係団体が来ていないかどうか、敷地を見渡せるからだった。リーヴズ管理官がデッカー釈放のからくりを自力で暴くほど鋭《えい》敏《びん》なら、いつかペンキンを探してヘメットを訪れるはずだ。ガンサーは家の南側の岩だらけの斜面を登ったところで、その先へ進んでも安全かどうか判断するつもりだった。

こんなところでFBIと鉢合わせするのはまずい。スティール上院議員の免罪符があれば、いい逃れはできるだろうが、リーヴズのブラックリストには確実に載る。あのFBIエージェントはフリーランサーがあまりお好きではない。免罪符はもっとずっと困難な状況のためにとっておきたい。

ガンサーは足を止め、数メートルあとをついてくるジェイのほうを振り返った。

「もうそれほど遠くない」

「さっきからずっとそういってますよね」ジェイが坂をのぼりながらいった。

「いちばん安全な道だ」

ジェイがガンサーの隣で足を止め、オリーブドラブ色の小さなバックパックを地面におろした。なかから水滴の浮いたエビアンのボトルをふたつとり出した。

「水は？」

「飲む」ガンサーはいった。

しばらくふたりはごくごくと水を飲み、どちらのボトルも少なくとも半分はなくなった。また歩き出すまえに、ジェイがまわりに広がる荒涼たる景色を見た。

「デッカーはいったいどうやってここを見つけたんでしょうね？　まじめな話です

が、私ひとりでは二度とここへ来られないでしょう」

「イージスは困難な人質救出作戦でデッカーを雇ったことがある。あいつは世界中に人的情報ネットワークを張り巡らせていた。さまざまな人身売買ネットワークや大規模な誘拐組織について、得られるかぎりの情報をつかんでいた」

「たしかに。しかし、どんな手を使ってここで人を見つけたのですか？」

「スティールは有名人だから、娘の身代金を要求されるか、どこかに売られると考えた。身代金の要求がなかったから、売られたのだろうとデッカーは推測した。十五歳の少女の売り先は、性的用途の人身売買業界になる。だからデッカーはそこに調査を集中した。多少の時間はかかったが、サン・バーナーディーノの保護団体のコネから情報が入った。十三歳の少女がブラトヴァのトラック輸送中にうまく逃げ出し、周囲と隔絶《かくぜつ》した静かな砂漠にある一軒家に監禁されていたと通報した。その家で見かけたひとりの少女が、メガン・スティールの人相に合致していた。その少女が組織の一員のように見えたとも報告していた。ロシア人はその少女にだけは例外的に性的暴行を加えておらず、少女も逃げようとはしなかった、と」

「ストックホルム症候群ですか？」ジェイが訊いた。

「そのとおりだ。そうした情報から、メガンはしばらくまえからそこにいたと思われた。逃げた少女は、しょっちゅう飛行機が空を飛んでいたとも報告していた。大型の飛行機が。デッカーは民間の旅客機が離着陸する空港に近い郊外を探しはじめた。三週間かかったが、その家を見つけた。ファイルにまったく載っていなかったか？」ガンサーは訊いた。

「かなり薄いファイルでしたから」

「意図的に薄くしてある」ガンサーはいった。「イージスにとっては大失策だったからな。おれの大失策だった」

「あなたが――イージスが悪かったわけではありません」

「意図したわけではなかった」ガンサーは嘘をくり返した。「だが、メガン・スティール解放の交渉をしようとペンキンに近づいたとき、情報が漏れてしまった。ペンキンはわれわれが罠の餌《えさ》にしっかり食いつくまで待ってから、証拠をあらかた消し去った。そうやって、ブラトヴァに逆らう人間への残酷なメッセージを伝えた」

「その罠に飛び込んでいったのがデッカーだったのですね」

「ペンキンの組織がなにをもくろんでいたか、だれにも予測できなかった」ガンサーはいった。「デッカーはとばっちりを受けた形だ。われわれの仕事はデッカーの不運の穴をふさぐことだ。イージスが世界各地で展開している国家安全保障事業はきわめて重要だから、この程度のスキャンダルで頓挫《とんざ》させるわけにはいかないのだ。スティール上院議員は大切な盟友であり、われわれはその関係を今後も維持していく」

ふたりは用心しながら斜面を進み、時間をかけて登り切った。こんもり茂ったいじけた木々が点在するあたりのさらに先に、家の焼け跡が現れた。ふたりは双眼鏡をとり出して家の周辺を観察し、自分たちより先にここへ来ようと思った者がいないことをたしかめた。敷地まで延びている荒れた道路には、だれかがいる形跡は見えなかった。家と文明とをつなぐ土を踏み固めただけの私道にもおかしなものは見えない。茂みの陰や浅いくぼ地といった目で確認できないところはいくつかあるものの、この高台からは敷地全体が見渡せた。

「だれもいないようだな」ガンサーはいった。

ジェイが双眼鏡をおろし、家のほうに顎をしゃくった。「死んだロシア人がひとりいるほかは」

ガンサーが自分の双眼鏡を焼け焦げた家の骨組みに向けると、すぐさま焼け跡の真ん中に置かれた折りたたみ椅子でぐったりしている死体が見えた。

「近くでたしかめる必要がある」ガンサーはいった。「ここから見るかぎり、頭の傷以外はほとんど無傷のようだが。デッカーに痛めつけられたのだとしたら、服を脱がされ、血だらけになっているはずだ」

「この場所がならされていないとは、信じられませんね」ジェイがいった。「あんなことが起こったのに」

「見えざるもの、日々に疎しだ。まわりの家からもあの家は見えない」

「ロシア人たちも黙っていないでしょう。確実に」ジェイがいった。「こういうのを見れば、みぞおちに一発喰らった気分になるでしょうし」

「そのことは考えてもしかたない」ガンサーはいった。「終わったことだ。ペンキンは結局報いを受けた、ということだ」

「デッカーの功績を認めてやらないと。ペンキンをここへ引っ張ってくるとは、しゃれたことを考えたものだ」

「デッカーの仕業なのはまちがいない」

ガンサーは立ち上がり、服についた砂やほこりを払った。

「だれか来ないかよく見張っていろ。背後をたしかめるのも忘れるな。デッカーはやばい。それも決して忘れるな」

「了解しました」ジェイはいい、いま来た方向に双眼鏡を向けた。

デッカーの急襲チームと同じように茂みに身を隠しながら、ガンサーはゆるやかな斜面を下った。念のため、茂みが途切れるところでしばらく足を止めて耳を澄ました。五感のひとつだけに頼らないことはずっとまえに学んでいた。感覚は認識にバイアスをかける。情報提供者は自分のバイアスをかけた情報を提供する。例はいくらでもある。彼の脳だってそうだ。目と密接につながっているから、双眼鏡でひとめ見ただけで、その家が安全だと認識した可能性がきわめて高い。

変わった物音はなにも聞こえなかったので、ガンサーは茂みから出て焼けた敷居をまたいだ。ゆっくり静かな足取りで、かつては大量の爆薬がしかけられていた——その後、死んでまもない亡骸《なきがら》が散乱していた——部屋の野ざらしの残骸《ざんがい》の奥へと進んでいった。あのとき、死体はきちんと数えられたものだけで二十二あった。なにも知らずにペンキンに送り出された、野心に満ちたソルンツェフスカヤ・ブラトヴァのメンバー四人の死体も含まれていた。

ガンサーは焦げた木材をまたぎ、ペンキンの死体に近づいた。ガソリンのにおいがして足を止める。まわりにすばやく目を走らせると、ごみの山の陰に放置された赤いガソリン容器が見えた。椅子から数十センチ離れた場所には拳銃が落ちている。おもしろい。デッカーはペンキンにガソリンを浴びせておきながら、火はつけなかった。生きたまま焼き殺すのは究極の復讐だ。近くでそのさまを見られるならなおさら。理由はよくわからないが、デッカーは思いとどまり、情け深くも頭部を一発で撃ち抜いてひと思いに殺した。

ガンサーは死体のそばでかがみ、頭部の傷を調べた。自殺したかのようにさえ見える。銃弾は右のこめかみを穿っていた——拳銃が落ちていたのも右側だ。デッカーならペンキンの顔や額を撃つだろう。ガンサーが処刑するなら、まちがいなくそうする。いったいどうしてペンキンに銃を渡すような危険を冒す？

ペンキンの顔を間近で見たところ、射入口と射出口以外、目に見える損傷はなかった。手や腕にも内出血や傷痕はない。ペンキンはひと思いに殺してもらう代わりに、洗いざらい吐いたのか？　ペンキンが吐いたと想定するしかない。となると、デッカーは打って出るまで、新たな協力者とともに身を隠すだろう。ハーコートがそれを知ったら、烈火のごとく怒るだろう。

電話が震動し、すぐさまアドレナリンが噴出した。こっちに向かっているやつがいると、ジェイが気づいたのか、ハーコートが五千キロも離れた場所からこちらの心を読んだか。電話に目を向けると、いずれでもなかった。ロサンゼルス大都市圏に散らばるさまざまな情報提供者からの電話をガンサーの携帯電話に転送する中継器の番号だった。

「もしもし、どちらさまですか？」ガンサーは電話を耳にあてていった。

「こんにちは。リヴァーサイド空港のアレス・アヴィエーションのジャスティン・ピーターズと申します。うちのオフィスが提出した空域通過許可申請書に関する問い合わせがあったら、この番号に報告するようにいわれていたので」

「報告する事例があったのか？」ガンサーはいった。

「はい。FAAの女性捜査官が五分ほどまえに来まして、二年近くまえにうちが提出したリヴァーサイド市営空港あてのC級空域通過許可申請書の写しを持ってきたんです。そのときに使われたドローンの種類について情報がほしいとのことでした。その情報はここにはないんですが」

「身分証は確認したか？」

「まえにも来たことのある捜査官でした」ジャスティンがいった。「空域通過申請の担当です。四カ月ほどまえも来て、うちの許可申請書のデータベースの点検を行っています」

それも連絡してくれたらよかったのに。ジャスティンの弱いおつむからは抜け落ちてしまっていたらしい。

「四カ月まえ、その女性の身分証はたしかめたか？」

「バッジは確認しました」ジャスティンがいった。「おかしなところはひとつもありませんでした。なにか問題ありますか？」

「きみに問題はない。私はアレスの法務部門の者だが、アメリカ南東部にあるアレスのオフィスが偽の捜査官や監査官の訪問を受けている。東海岸に沿ってフロリダからノース・カロライナまで。われわれはその裏にアレスの競合他社がいるとにらんでいる」

「うわ。とんでもないですね。どうしてそんなことをするんでしょう？」ジャスティンがいった。「許可申請書のことなら、ＦＡＡに電話して訊けばいいのに」

「それはそうだ。そのことについてはさほど心配していないが、追跡調査はしておかないといけない」ガンサーはいった。「四十分以内にそちらに行き、防犯ビデオの映像を見直し、許可申請書の内容も見ておこう。パターンが浮き上がるかもしれないし」

「まったく問題ありません。技術者は要請が来てほとんどいませんし、いまちょうど昼休みの時間です。私はまだ帰らないので、オフィスにはわれわれしかいません。だれかをびっくりさせることもありません」

「なおいい。その捜査官がまだ近くにいる可能性は？」

「ありません。すぐに立ち去りました。彼らが走り去るのをこの目で確認しました」

「彼ら?」

「車のなかにもうひとりがいたので」ジャスティンが答えた。

「男の捜査官のほうはオフィスに入ってきませんでした」

ガンサーは電話を切り、すぐさま登録してある番号のひとつにかけた。

「こっちはまったく変わりありません」ジェイがいった。

「すぐに車に戻って、やってきた道を引き返すぞ」ガンサーはいった。「デッカーがリヴァーサイドのアレス・アヴィエーションに来たようだ」

「すぐに向かいます」ジェイがいった。「デッカーはまだそこにいますかね?」

「いや。ただ、われわれにとっては、デッカーの最新の足取りといえるかもしれない。ペンキンは拷問されていなかった。それどころか、デッカーはペンキンに自殺させたようだ」

「それはまずいですね」ジェイがいった。

〝まずいなんてもんじゃない〟

20

ハーロウはダイエットコークの缶をあけ、長々と飲んだが、しゃっくりが出て口を放した。その後、プリングルズの円筒形の容器に手をいれ、だいぶ減ったサワークリーム&オニオンのチップスをとるために指を目一杯伸ばした。デッカーが好奇のまなざしでハーロウを見ていた。

「なに?」ハーロウはようやく何枚かチップスをとり出していった。

「ジャンクフード中毒みたいだな」

「なにを見てそう思うの? 車のなかで数時間わたしを観察して?」ハーロウはいい、プリングルズをぼりぼりと食べた。

「張り込みで長いあいだ車中ですごすからだろうな」デッカーがシートと中央のコンソールのあいだからスキットルズ（アメリカで製造されているカラフルなソフトキャンディ）の空き袋を引っ張り出した。「ごみみたいなものを食べて」

「ある男のごみはある女の宝よ」ハーロウはそういうと、空き袋をデッカーの手から奪いとり、ドアのカップホルダーに突っ込んだ。「アイスボックスのなかにもっとダイエットコークが入ってる」

デッカーが後部座席を振り向き、やれやれと首を振った。「水は？」

「ダイエットコークだけよ」ハーロウはいった。「悪いわね。まえもっていっておいてくれたらよかったのに」

「アイスボックスに飲み物を詰めたと聞いたときには、水もあると思ってしまった」

冗談なのか、まじめな話なのか、ハーロウにはほんとうにわからなかった。飲み物の選択について本気で文句をいっているの？

「ダイエットコークは飲まないの？」

「ソーダ類はやめた」

ハーロウが皮肉めいたことをいおうとしたところで、デッカーがことばを継いだ。

「一年七カ月まえに」

「そういわれると、なにもいえなくなる」ハーロウはいい、もうひと口飲み物を飲んだ。

「一本飲んでみるか。ダイエットコークはどうしても好きになれなかった。ほんとうに」

デッカーがシートの背もたれのあいだから後部座席のアイスボックスに手を伸ばしたところで、シルバーのSUVがエアポート・ドライブに入ってきた。

「コークはなしよ。お客が来たかもしれない」ハーロウは缶を置き、ダッシュボードから携帯電話をとった。

デッカーはシートで身をよじったまま動きを止めた。わずかな動きも目を惹く。SUVがそばを通るときにシートにまっすぐ座り直すだけでも、こちらの位置を感づかれる。

「動いてもよくなったら教えてくれ」デッカーがいった。

SUVが通りの向こうにあるショッピングモールの駐車場に入るまで、ハーロウはしばらく待った。

「もう大丈夫」ハーロウはいい、携帯電話にすばやくメッセージを打ち込んだ。

デッカーはハーロウを見てかすかに眉根を寄せ、足元のケースから望遠レンズつきのデジタルカメラをとり出した。「だれにメッセージを送るんだ?」

「あなたには関係ない」

「きみの会社の人間がここまでつけてきていたのか?」

ハーロウはメッセージを送ってからカメラをつかみ、「なにが気になるの?」といった。「すべて手を回しているわ」

「不意をつかれるのは好きではない」

「あらそう。だったら、まわりによく目を配るのね」ハーロウはいい、カメラをかまえた。「わたしも不意をつかれるのは好きじゃない」

ハーロウはカメラのファインダーをSUVに向け、アレス・アヴィエーションの真んまえにある専用駐車スペースに入る車を追った。ズームして、はっきり顔のわかる写真を狙った。隣に停まっている車が邪魔で、前部席に座っているふたりの男の姿はほとんど見えなかった。男たちがSUVから降りるのを待たなければならない。それでも、顔をとらえる機会はたいしてない。

「撮れたか?」デッカーがいった。

「まだよ」ハーロウはシャッターボタンを押しながらいった。「オフィスに入る途中でひとりはとらえられるかもしれない――運がよければ」

ふたりの男が同時にSUVから降り、運転手は一瞬動きを止めてからドアを閉めた。ハーロウは何度かシャッターを押し、振り返った運転手の顔を完璧にとらえた。助手席側にレンズを向けたときにはシャッターチャンスは過ぎ去っていた。その黒髪の男はすでにアレス・アヴィエーションに向かって歩き出していた。

「助手席側の男は撮れなかった」ハーロウはいった。「出てくるときに撮るしかない」

「助手席側の男がおそらく重要人物だな」

「助手席側の男がSUV越しにこっちに顔を向ける可能性はほとんどなかった。来月の給料を賭けてもいいけど、運転手はばっちり撮れた。出てくるときはひとりにフォーカスを絞れる。監視の基本よ」

「監視の基本よ」デッカーは真似していった。

助手席側の男が振り向いて駐車場のようすを見たりしないかと、ハーロウはカメラを向けつづけていた。そんな幸運には恵まれなかった。ドアのまえで立ち止まりもしなかった。運転手がドアをあけて押さえていた。

「ここからが大変なところよ」ハーロウはいった。「あのふたりが出てくるまで、カメラを入口に向けつづけないといけない」

「きみがやったほうがいい」デッカーはいい、アイスボックスに手を伸ばした。

ファインダーをのぞいていると、缶をあける音に続き、喉《のど》を鳴らして飲む音がした。

「悪くない」デッカーがいった。「よくもないが、悪くもない」

「だんだん癖になるのよ」ハーロウはいった。すでにカメラを動かさずにかまえているのがつらくなっていた。

そこでシートの左側に体を動かし、望遠レンズをハンドルの外側で支えて、肘をハンドルの内側に軽く載せた。

「クラクションを鳴らすなよ」デッカーがいった。「おれは警笛を鳴らして何度か大物《スキ》に逃げられたことがある」

「スキップ?」ハーロウは訊いた。

「なんだよ?」デッカーがいった。「おれだってほかの連中と同じように、この業界でのし上がったんだぞ」

「WRGは上客ばかり相手にしていたのに」ハーロウはいった。「〝スキップ〟は俗語のようなものじゃない」

「おれが高級オフィスに引きこもってWRGを経営していたとでも?」

「実際、かなりの高級オフィスだったわ」

「うちのオフィスに立ち寄ってようすを見ていただいたとは知らなかった」

「あなたは多忙で会ってくれなかった」ハーロウはいった。

「申し訳ない」デッカーがいった。本音のような声色《こわいろ》だった。「やることが山ほどあったうえに、救助要請も絶えず入ってきていた。高額な要請が」

「謝る必要はないわ。WRGはストリートからわたしを救ってくれたし。あなたたちはいい仕事をいくつもした」ハーロウはいった。「ただ、人身売買の問題にどれだけ力を入れても、あまり効果は上がらない。まるで終わりが見えない」

デッカーはうなるような声を漏らした。「国内外で毎年増える一方だ。パンデミックみたいに。もっとも、パンデミックなら、いつかはなにかの機関が介入して、蔓延《まんえん》を遅らせようとはする。こっちは連携もとれない地元の法執行機関が、きみたちのような民間の反人身売買組織の助けを借りて戦っている。WRGもその戦いに全力を傾けていたとしても、効果をあげられたかどうか、おれには自信がない」

「昨日の晩はささやかな効果をあげたわ」

「ああ、それでも、知ってのとおり、ブラトヴァの活動はまったく止まらない。クラブがいくつか閉まるかもしれないが、その間にも新しいクラブの準備は進み、全体として見ればショーは続く」

「腹が立つ」

「その点は同じだな」デッカーがいった。

「ほかになにか同じものなんてある？」

「ダイエットコーク、とか」

「わたしにもとってくれる?」ハーロウはアレス・アヴィエーションの正面のドアから目を離さずにいった。

デッカーはなにも答えず、双眼鏡を持ち上げた。

「どうかした?」ハーロウはいった。

「目の端でたしかになにかをとらえた。通りに近いショッピングモールの左端だ。ビルの陰からだれかがのぞき見ていたような。確認したらいなくなっていた」

「あのふたりがビルに入るときに、こちらに気づいたはずはないわ」ハーロウはいった。

デッカーは双眼鏡の向きを変えた。「正面の窓とドアにはブラインドがおりている。向こうがブラインドの隙間からのぞいていたら、きみも気がついただろう」

「おそらく」ハーロウはいった。「レンズを通してオフィスの正面全体が見えるから」

「ちっくしょう……」デッカーがいった。「ドアの上に防犯カメラがある。庇《ひさし》の下に隠れるように」

「え? 見えない――」ハーロウは隠れているカメラを見つけた。「ああくそ。見逃してた」

「おれも気づかなかった――あると思って探すまでは」デッカーがいった。「もうひとりの写真はどのくらい必要なのか、自問する必要がありそうだぞ」

「めちゃくちゃ必要」

「なら、次はこの質問だ。きみの秘密の支援計画はどのぐらいすごいのか？」デッカーがハーロウの携帯電話を顎で示した。

「めちゃくちゃすごい」

「敵の別チームが現れたら、知らせてくれると思っていいのか？」

「それは大丈夫」

「なら、その写真を撮ろう」デッカーがいった。「それほど長く待つこともないだろう。実は考えがある。カメラを貸してくれ」

「こういうカメラの使い方はわかるの？」

「おれは十九カ月刑務所にいた。十九年じゃない」デッカーはそういってカメラを手にとった。「前方の駐車スペースをしばらく走って車を停めてくれ。彼らがビルから飛び出してこなかったら、おれがランチをおごる」

「服を買ってすっからかんだと思ってたけど」

「賭けに負ける心配はないからな」デッカーはいい、望遠レンズを調整した。

「いい？」ハーロウはいった。

「行け」

ハーロウは車が停まっていない駐車スペースをゆっくり走り、通りの方に曲がった。

「停めろ！」デッカーがいうと、ハーロウはブレーキを踏んだ。

アレス・アヴィエーションからふたりの男が飛び出し、シルバーのＳＵＶに向かって走ってきた。

「写真は撮れたの？」デッカーは写真を二枚撮り、カメラをおろした。「逃げるぞ」

ハーロウはブレーキを踏んだまま言った。「顔認証プログラムにかけるには、それだけじゃ足りないわ」

「そんなものはやらなくていい」デッカーはいった。「知っている顔だ」

「ほんとうに？」

「まちがいない」デッカーはいった。「車を出してくれないか？　あいつはまずい」

ハーロウはアクセルを踏んで駐車場から出た。デッカーは重武装のブラトヴァの兵隊十人余りを相手にペンキンを拉致したときよりも、ＳＵＶに乗っていた男ひとりを気にしているかのようだ。ハーロウはあからさまな声色の差に恐怖を感じた。

バックミラーから目を離さずにアクセルを踏み込み、アレス・アヴィエーションから車を遠ざけた。数秒後、シルバーのＳＵＶは道路を疾走した。デッカーは追手を見られるよう、シートに座ったまま身をよじった。

「拳銃をくれ」デッカーがいった。

「いいえ、だめよ」

「差が詰まっている。十秒もすれば銃撃戦になる」

「わたしを信じて」ハーロウはいい、行く手の道路に目を戻した。

「この車は防弾仕様なのか？」

「おもしろいじゃない。いいから、うしろを注意していて」

「くそっ、ハーロウ。やばいんだぞ！」デッカーがいった。

「わたしが知らないとでも思ってるの？」

「そんなことは――」デッカーがいいかけた。「くそっ。なんだ、あれは？」

ハーロウがルームミラーに目を向けると、ちょうど制御を失ったSUVが信号機に突っ込むのが見えた。遠隔操作のスパイクストリップ（車両のタイヤに穴を穿ち、走れなくするための装置）は、すでにケイティが道端に置いた収納ボックスに格納されていた。

「けっこうお高い装置なのよ」ハーロウはいった。「もう回収できないけれど」

「使われてるところをじかに見たのははじめてだ。すごいな」

「わたしもよ」ハーロウはいった。「これまでは使う必要がなかった」

ずっと前方で横からミニバンが出てきた。運転席側のウインドウから一瞬、ケイティの顔が見えた。デッカーに気づかれたくなかったため、ハーロウはにやつくだけにした。アシスタントたちの緊密なネットワークは、デッカーに知られないに越したことはない。アシスタントの身許を明かすぐらいなら、死んだほうがましだ。直接的、間接的に、みな性的人身売買の犠牲者で――現状を変えたいというただそれだけの思いで、ハーロウの組織に惹きつけられた人たちだ。

「ロサンゼルス内でまわりと隔絶するか、ロサンゼルスを出なければならない」デッカーがいった。

「そんなにやばいの？」

「もっとひどい」デッカーがいった。「あの男の本名は知らない。CIA時代にあの男を知った。ガンサー・ロス。純然たるソシオパスだ。警備を命じられて配属されたいくつかの秘密軍事施設《ブラックサイト》で、おれはあいつと対立した。あいつがそこに配属されていたとき、実に恐ろしいことが行われていた。その後、ロスがイージスに雇われたという噂が耳に入った。〝シンデレラ・フィット〟だったんだろう」

「イージスはわたしのビジネスや私生活をどこまで調べられるの？」

「なにからなにまでだ」デッカーがいった。

「この街で姿を消す方法は知っている」

「スキッド・ロウで防水シートを張った下で寝泊まりしないなら、なんだっていい」

ハーロウはルームミラーを確認した。見る間に小さくなるふたりの男が、走れなくなったSUVから降り、通りの真んなかに立っている。ひとりが双眼鏡を目にあてている。

「スキッド・ロウよりはいくらかましよ」ハーロウはいった。「皮肉ともいえるあの環境なら、あなたも気に入ると思う」

「待ちきれないね」デッカーはいった。

21

ガンサーはアレス・アヴィエーションのエアコンの効いたオフィスに足を踏み入れた。作り笑いの裏で沸《わ》き起こる殺意をかろうじて抑えていた。急いでここを〝掃除〟する必要がある。故障して立ち往生したSUVがあると通報され、彼らのアレス・アヴィエーション訪問との関係が明らかにされるまえに。

「ジャスティン?」ガンサーはいらいらしたようすでいった。

ジャスティンがオフィスの奥に通じる廊下に出てきた。「戻ったんですね」ジャスティンがいった。「つかまえましたか?」

「ああ。きみの協力がなかったらつかまえられなかった」ガンサーはカウンターの上に革の肩掛かばんを置いた。「防犯カメラの映像はここで保存されているのか? あるいは、別の場所に送信されるのか?」

「すべてここで保存されます。奥で。ハードディスクに三十日分の連続映像が保管されます」

「見せてもらえるか?」ガンサーはいった。「証拠として提出する必要がある。代わりのハードディスクは一時間以内に届けさせる」

「ええ。防犯カメラのモニターと同じ部屋にあります」

「映像の確認は私でもどうにかなる」ガンサーはいった。「ただ、あいにくきみの手を煩《わずら》わせないといけないこともある。きみがまずいことになっているわけではないが、きみの車を手早く調べないといけない」

「どうしてそんなことをしないといけないのですか?」

「われわれがやらないと、FAAがやることになるのだ。こういった案件では通常の手続きだ。信じてくれ。FAAとかかわるのは面倒だぞ。休みがつぶれる」

「でしょうね」ジャスティンがいった。「変な話ですね」

「連中は犬を連れてきて、クッションのカバーをあけたり、エンジンを分解したりする。お役所仕事全開だ。私ならざっと車を調べて、それを最初に提出する報告書に書いておしまいだ。お約束事はそれで守れる」

ガンサーは狭いサーバー室に足を踏み入れた。映像通信装置につながっているハードディスクをすばやく見つけると、それを外してかばんのなかの銃の隣に入れた。最小限の監視システムしかないことを二度確認して、これ以外の記憶装置はないと確信した。

「準備はいいか？」サーバー室から出て、ガンサーはいった。

ジャスティンがキーの束をじゃらじゃら鳴らした。「はい。さっさと済ませましょう。正式な報告書を作成することになりますか？」

「残念ながら、通常の書類作成は必要だが、それほど時間はかからない。きみに書類を作成してもらい、付け加える情報があるかどうかこちらで確認する。大掛かりなものにはならない。すぐさま連絡してくれてよかったよ」

ジャスティンはほっとした顔になった。「こんなに早く駆けつけていただいてほっとしました」

「こっちも同じ気持ちだ」ガンサーはいった。「行こうか」

ガンサーはジャスティンのあとについて、駐車場奥の赤いフォードア・セダンへ行った。ジェイはこちらから見えないところにいて、警察が来る気配はないかと道路を見張っていた。

「もうおひとかたは？」ジャスティンが訊いた。

「この通りの少し先で、警察を待っている。例のふたりの車にこっちの車をぶつけて、道路からはじき出したような恰好でね」

「ほんとうですか？　そいつはすごい。そいつらの顔を見てみたかったな」

「うれしそうな顔じゃなかったさ。それだけはいえる」ガンサーはいった。「トランクからはじめよう」

「うれしくはないでしょうね」そういって、ジャスティンがスマートキーのボタンを押した。

トランクが数センチあき、ジャスティンがそれをさらに大きくひらいた。その後、ジャスティンがうしろに下がり、見てくださいとガンサーに身振りで示した。

「なにもないようだな」ガンサーはいった。

ジャスティンの手がトランクに伸びると、ガンサーは暗いスペースのもっと奥を調べようとするかのように、首をトランクの奥に伸ばした。「スペアタイヤが入っているところもあけてもらわないといけない」ガンサーはいった。「いろんなものがそこに隠してあるから。その点も報告書に明記しておきたい。そこまですれば、連中も納得するだろう」

「いいですよ」ジャスティンはいい、キーをポケットにしまおうとした。

「私が持っていよう」

ジャスティンがキーの束を手渡し、トランクのなかに手を伸ばした。「じつは一度もあけたことがなくて……」

「ふつうはトランク奥に取っ手がある。シートの裏側だ」

ガンサーはキーをそっと自分のポケットに入れ、脇に抱えたかばんからサイレンサーつきの拳銃をとり出した。ジャスティンがありもしない取っ手を探してトランクに上半身を入れると、ガンサーはサイレンサーの先をジャスティンのうなじに押しつけ、引き金を引いた。若者の体がくずおれ、その勢いで上半身がうまい具合にトランクに倒れた。ガンサーは拳銃をかばんに戻し、ジャスティンの力の抜けた足を持ち上げ、トランクにおさめた。

「このことを私に教えるつもりはあったのですか?」ジェイの声がして、ガンサーはびくりとした。

「通りを離れてなにをしている?」

「心配になってきたので。点火装置をショートさせてエンジンをかけるだけなのに、そんなに時間はかからないだろうと思って」ジェイがいい、ガンサーからトランクに目を移した。「どうやら、はじめからジャスティンの車を盗むだけで済まそうとは思っていなかったようですね。私たちはここでなにをしているんです、ガンサー?」

「仕事だ」ガンサーはいった。「この状況をまとめるためなら、あらゆる手段を使っていいとお墨付きをもらっている。デッカーをどう処理すると思っていた？」

「デッカーは別です」

「そうか？　どう別なんだ？」ガンサーはいい、周囲に目を向け、だれにも見られていないことをたしかめた。

「彼は……わかりません。関係者なので。〝方程式〟から消去しなければならないマイナスは彼だけだと思ったもので」

「殺すということだな」ガンサーはいった。

「はい。殺しがデッカー以外の人間までおよぶとは思っていませんでした」

「いまその点をあれこれ話している暇《ひま》はない。そいつのポケットからキーをとってくれ」

若い男のポケットを探ろうと、ジェイがトランクに身をかがめると、ガンサーはまたかばんから銃を出し、ジェイの後頭部に弾を撃ち込んだ。こんなことをしている暇はないといったのは冗談ではない。理由がなんであれ、部下には躊躇だけはしてほしくなかった。副指揮官にけちをつけられて、黙っている余裕などない。デッカーがヘメットの一件の真実を嗅ぎまわっている現状にあって、へまなどすれば、失うものが大きすぎる。

第二部

22

ジェイコブ・ハーコートは指の関節を鳴らし、一瞬、秘書の目をコンピュータ・モニターから引き離した。彼はジェラルド・フリストに会うために三十分あまり待っていた。加えて、ジョージタウンの褐色砂岩《ブラウンストーン》のアパートメントからラッセル上院オフィスビルへの移動にも、昼時の道路事情のせいで一時間かかっていた。フリストがなにを望んでいるかはわかっているから、苛《いら》立ちはますます強まった。デッカーの一件を抑制できているというさらなる保証だ。

電話一本で事足りるはずだが、最後のハードルに近づいてくるにつれて、フリストはディープステート（政権を陰で操る官僚、軍部、産業界の勢力）を恐れるような被害妄想の徴候をいっそう見せていた。近く行われる投票で、ディープステート信奉者の意見さえまともに感じられるような方針が決するのだから、皮肉なものだ。そう考えただけでハーコートは噴き出してしまう。フリストとのこんな茶番を終わらせるのが待ち遠しい。いいときでさえ、かろうじて付き合える程度の男だが、いまは必要不可欠な存在だ。フリストのような使い出のある人間を見つけるまで、何年もかかった。

上院議員には富と権力がついてくる。ああいう業界ではごくふつうのことだし、フリストには両方ともたっぷりあるが、間近でじっくり観察しなければわからないような別の資質もあった。ジェラルド・フリスト上院議員は、これだけの権力を持ち、業績を上げていながら、劣等コンプレックスを抱えていたのだ。この精神状態にあるたいていの人間とはちがい、フリストはそれを利用して、みずからの野心と名誉欲を高めていた。ただし、心の奥深くに眠る無力感と絶望感が解消され得ないことは、まったく理解できていなかった。

やがてハーコートは無限の権力と富をつかむ計画をフリストに打ち明けたが、長年かけてフリストの信用と信頼を得てきたから、抵抗されることはまったくなかった。フリストにとって、権力と富は決して拒めない二種類の〝政治通貨〟なのだ。目下のハーコートの仕事は、フリストをパニックに陥らせないことだった。だからこそ、わざわざ車を飛ばしてじかに会いにきたのだ。翌週のいまごろには、こうしたひっきりなしのミーティングからひと息つけるだろう。どのみち、計画の次の段階に備えて、フリストとは多少距離を置く必要がある。

電話の着信音が鳴り、秘書のそっけないまなざしを一瞬だけ引きつけた。ハーコートは作り笑いを浮かべ、電話に出た。

「少しあとで折り返してもいいか?」ハーコートはいった。「ここでは話せない。万事順調か?」

「いくつか進展がありました」ガンサーがいった。

「いい変化か、それとも悪い変化か?」

「両方です。重大な変化です」

「すぐに折り返す」ハーコートはそういって電話を切った。

その後、息詰まる数分が過ぎると、ようやくドアがあき、ダークスーツの中年男たちが部屋から吐き出されようとしていた。だれもがもつれた腕や密着した肩の隙間から手を差しだし、フリストと握手しようとしている。最後のジャッカルがオフィスから出ると、フリストがハーコートをオフィスに通した。

「腹は減っていないか?」フリストがいった。「ランチタイムに来てくれるとはありがたい。ターニャに頼んで、食堂からなにかとらせようか。十分で届くぞ」

ハーコートはそれほど長居するつもりはなかった。

「ありがとうございます。でも、朝食が遅かったので」ハーコートはいった。「実は、戦術作戦のリーダーに電話を一本かけないといけないのです。デッカーに関する最新情報があるそうで」

「あの男にあのロシア人を拉致する度胸があるとは思わなかった。まずいことになった。私も自分の警備態勢を少し心配している。なにしろ――ロシアン・マフィアのボスをひっさらえるなら――」

「ジェリー、あなたとデッカーとは、あるいはスティールの一件とは、なんのつながりもありません。まったくないのです」ハーコートはいった。「いま私はイージスとデッカーをつなぐ最後の痕跡を消そうと手を尽くしています。デッカーを消し去ったら、すべてがきれいに清算できます」

「それはわかるが、イージスが損害を受けたら――私にも影響はおよぶ」フリストがいった。「あの会社にはかなりの額のカネを投資してきた。いうまでもないが、それ以外にもあの会社にはいろいろとしてやった――これからもしようと思っている」

「最高の人材と資源をこの件だけにあたらせています」ハーコートはいった。「解決させます」

「投票が迫っているものだから、少し神経質になっているのかもしれないな」

「あなたが提案した議案とイージスにも、いっさいつながりはありません。綿密な計画を立てたはずですよ、ジェリー。確実な計画を」

「だといいのだが」フリストがいい、机のそばの革のカウチを示した。「すまない。座ってくれ。電話してくれてかまわない。私も最新情報を聞きたい」

ハーコートは豪奢《ごうしゃ》な革のクッションに身を沈め、座り心地のいい姿勢になった。フリストはカウチの反対側にそっと腰を下ろした。

「ガンサーが知っているのは、イージスのことまでです」ハーコートはいった。「ですから、会話に入ってこないでください。入りたくはなるでしょうが」

「入らんさ」

「あなたとは長い付き合いだ、ジェリー」ハーコートはいい、電話の〝発信〟ボタンを押した。「あなたは立板に水だ」

「口をしっかり閉じておくよ」

ガンサーが出ると、ハーコートはスピーカーフォンにした。

「ガンサー。どうなった?」

「今朝、デッカーとFAA捜査官になりすました女が、リヴァーサイドのアレス・アヴィエーションに現れました」ガンサーがいった。「昨日そのオフィスに電話し、そのあたりの空域の〝通過許可申請書〟に関して問い合わせてくる者がいたら、私に連絡するよう指示していました。万全の対策を、と思いまして」

フリストが声に出さずに「空域の通過許可申請書？」と口を動かすと、ハーコートは手を振って、やめてくれと伝えた。

「あいつらは申請書のコピーをとりに来たのか？」ハーコートはいった。

「すでにコピーは持っていました」

「なに？」

フリストがハーコートの注意を惹こうと躍起になっていた。

「女がコピーを持って現れ、どんなタイプのドローンを使ったのか訊いてきたそうです」ガンサーがいった。「どうやら、その女は何カ月もまえに空域通過許可申請書のデータベースの点検に来たようです」

「防犯カメラの映像には、女の顔が映っているのだろうな」ハーコートはいった。

「映っています。オフィスの防犯カメラに。クローズアップで。すぐに身許はわかります」ガンサーがいった。「悪い知らせを聞く覚悟はできていますか？」

「いい知らせを聞いた覚えもないが」

「現時点では、相対的な表現に過ぎません」

「悪い知らせとは？」

「この同じ女がショッピングプラザでの騒ぎにも関与していたのではないかと、私は強く疑っています」ガンサーがいった。「アレス・アヴィエーションから数百メートルのところに、リモートコントロールのスパイクストリップをしかけ、われわれのSUVを立ち往生させました」

「その女はまだそこにいたのか？」

「デッカーもいました。通りの反対側にある駐車場からアレス・アヴィエーションを監視していました」ガンサーがいった。「あの女はプロです。それはまちがいない。そこにとどまっていても、まったく心配していなかった。スパイクストリップでわれわれを止められるとわかっていた」

「それで、デッカーにきみが何者か知られたと見ていいのか？」

「駐車場でわからなかったとしても、撮った写真をあとで見れば確実にわかるでしょうね。ひとりが望遠レンズのついたカメラを使っていましたから」

「くそったれが」ハーコートは歯を食いしばったままいった。「デッカーはこれまでずっときみの二歩まえを進んでいるな」

「こっちには有力な手がかりがあります」

「女のことか？　女がまっすぐアパートメントに向かい、途中なにかテイクアウトでも買って、きみが来るのをじっと待っている、とでも思っているのか？　女は消えた。デッカーも消えた。おまえはデッカーの思考を読んで、次にどこへ行くか考える必要がある」

「ああ、まいった」フリストが声を殺していい、両手を上げた。「あいつらはきっとこっちに向かっている」

フリストとデッカーのあいだにまったくつながりがないといったばかりだが、このばかはそれのどこがわからんのだ？　ハーコートは激しく首を振り、電話に注意を向けた。

「ガンサー？」

「聞いてますよ」ガンサーがいった。「女の調査が行き詰まったら、こっちの手がかりは底を突くので、デッカーが情報収集網に引っかかるのを待つしかありません」

「あいつがそんな失敗を犯すとは思えない。ずいぶんと有能な協力者がいるのだからなおさらだ」

「でしたら、私もすべてを知る必要があります」

「どういう意味だ？」ハーコートはいった。「ファイルはもっているだろう」

「いいえ。本物のファイルはありません。すべての情報が入っているファイルです」

ガンサーがいった。「もっと詳しいものがあるのは知っています。ジェイには骨抜きされたファイルを渡しておきました。私が受けとったファイルも同じようなものだと知りつつ。イージスがこの仕事に別のグループを雇っているのも知っています。私のとは別のグループを。デッカーのたてた救出作戦について私がもらった情報は、デッカーのグループの中枢にいた情報提供者からしか得られないものでした。おそらくは、ヘメットでの作戦実行の瞬間にも、その人物は現場にいた可能性がきわめて高い。デッカーの立場に立って考えろというなら、イージスの関与に関する情報をすべて知る必要があります。そうするしか、デッカーを探し出せませんよ」

「ファイルは送る」ハーコートはいい、少し間を置いてつづけた。「いうまでもないが、ジェイはこの情報を知る資格を有していない」

「ご心配にはおよびません」ガンサーがいった。「ジェイは死にましたから。アレス・アヴィエーションの例の社員も。ふたりとも、いま私が運転している車のトランクのなかにいます」

「なんてことだ」フリストが声を殺していった。

「きみの判断を信じよう」ハーコートはいった。「死体の処理について手配が必要か?」

「いいえ。あと十分で車を交換します」ガンサーがいった。「そのファイルをじっくり読んで、デッカーを先回りできる作戦を練ることにします。なにも抜かないでくださいよ」

「わかった」ハーコートはいった。「随時連絡しろ」

「了解」ガンサーはいい、電話を切った。

ハーコートはフリストに顔を向けた。フリストは心筋梗塞でも起こしているかのようだった。

「なにも心配は要りません」ハーコートはいった。嘘発見器につながれていなくてよかったと思いながら。

「冗談でもいっているのか？」フリストがいった。「そのファイルにほかにどんな情報が入っているんだ？」

「あなたにつながるものははいっていません。われわれはデッカーのチームにスパイを送り込み、メガン・スティール救出作戦についてリアルタイムで情報をもらっていたのです」

「その男か女はもう生きていないといってくれ」

「彼は協力の報酬として多額のカネを前金で受けとりました」ハーコートはいった。

「そして、救出作戦が失敗に終わると、そのカネを賢く利用して行方をくらましました」

「すると、デッカーのほかにも邪魔なものがあるわけだ。すばらしいことじゃないか」

「そいつは二年近くも人との接触を断っています」ハーコートはいった。「どこへ行ったのかまったくわかりません。おそらく、いまはどこかのバナナ共和国で、高給取りの地元民に囲まれて暮らしているでしょう。再浮上してこないのも無理はありません」

「ほかに私が知っておくべきことは？」フリストはそういって立ち上がり、オフィス奥の隅にある、酒をストックしてあるワゴンを見つめた。

「それだけです。デッカーがロサンゼルスにいるなら、きっと見つかります。二度も幸運に恵まれることはない」

「三度だ」

「たしかに」ハーコートはいった。「あいつがロサンゼルスを離れるなら、どこに行くかは予測できる」

「だが、例のスパイは行方をくらましているのだろう」フリストがいった。「行く先もわからずに、どうやって出し抜く気だ？」

「いくつか考えがあります」

「ぜひ聞きたいものだな」フリストがいった。

「でしたら、さっきのランチの誘いを受けたほうがよさそうですね」ハーコートはいった。あいにく会合は長引くが、しかたないと思った。

「ターニャにいってくる」フリスクがいった。とんでもない展開になったというのに、妙に明るいようすだ。「クラブケーキでいいか？」

「レシピは変わっていないのですか？」

「二十年変わっていない」フリストがいった。「〝壊れてもいないものを直すな〟というだろ？」

「たしかに」このばかはこんなときにクラブケーキのことしか考えられないのか。信じられない。

フリストの態度の急変――劣等コンプレックス特有の症状――に背中を押され、ハーコートは大胆な提案を持ち出す絶好の機会だと思った。

「ジェリー、投票の日程をまえ倒しすることはできませんか？　少しだけ息をつく暇を作るために。可能かどうかはわかりませんが、できるだけ早く片づくなら気が楽になるのですが。スティールの支持はこのうえなく大切です」

「同じことを考えていたよ」フリストがいった。「さっそく、今日の午後に打診してまわろう。最短で月曜だ」

「木曜よりいいですよ。三日の差は大きいです。よく聞いてください。まずまちがいなく、月曜のだいぶまえに問題はほぼ解決しています」

「たぶん、ランチはパスしたほうがいいな」フリストがいった。「ここから先は、空いている時間をすべて注ぎこむことになりそうだから」

フリストのことばはハーコートの耳にも心地よく響いた。このオフィスから、そしてこの建物から出たくてたまらなかった。

23

デッカーはハーロウのあとから三階のアパートメントに入った。食料品の入った紙のショッピングバッグふたつの、ぴんと張った取っ手をもっていた。それをキッチンのカウンターの上にそっと置いた。ハーロウもタイル張りの床に置かれたビンテージ加工の木のダイニングテーブル横に、ふたつの機内持ち込み手荷物サイズのバックパックを置き、ベッドルームを片づけるといって暗い廊下に消えた。

大きな木のテーブルの向こうに、組み合わせ式の革張りのカウチと、座り心地のよさそうな二脚のクッション付きの籐《とう》椅子があり、質素な四角いコーヒーテーブルがある。そうした椅子は広いスライドドアのほうを向いている。ドアをあけると、風に揺れるヤシの葉としぶきを上げる波がときおり見えた。数日隠れるには悪くない。

デッカーは玄関のドアへ戻り、デッドボルトをかけ、目の高さとドアノブ三十センチ下の二カ所についているドアガードを両方ともかけた。しばらくドアを見つめ、何度かうまく蹴りを入れるか、携帯用の破壊槌《つい》をたたき込めば、ドア枠が砕けてドアが内側に外れるだろうと思った。

「ドア横の物入れに業務用のセキュリティ脇柱がある」ダイニングルームに戻っていたハーロウがいった。「ベッドルームとバスルームにもある。玄関のドアは、住人がベッドルームに逃げ込んで脇柱をセットする時間を稼げればいい。ベッドルームのドアは、バスルームのドアにバリケードを築くまでのあいだだけ、侵入者の動きを止められればいい。警察が到着するまで、住人はバスルームに隠れている」

「LAPDはこの場所を知っているのか？」デッカーはいい、ショッピングバッグの食料品を出そうとキッチンへ戻りはじめた。

「いいえ。でも、このアパートメントのセキュリティシステムには、LAPDの緊急通報システムにつながる非常ボタンが備わっている。非常ボタンが押されたら、LAPDの通信指令係にこの場所が通知され、優先的に対処してもらえる。こういう隠れ家のネットワークを運営する組織はLAPDとうまい具合に取り決めをしているのよ」

「それに、カネに物をいわせているんだろうな」デッカーはショッピングバッグのひとつをあさり、ビールを出した。「人目につかないところかと思っていたが」

「そして安っぽいところだと？」

「ビーチまで三ブロックで、海もちょっと見えるところだとは思わなかった」

「ロサンゼルスのアパートメントだけど」ハーロウがいった。「たまたまほかより高くつくけど。この組織の後援者はとても太っ腹なのよ。これほどのロケーションではない隠れ場所も何十カ所と抱えているけれど、特別なところもいくつかほしいということらしい」

「このアパートメントが豪華すぎるというわけじゃない。ただ、意外だった。たしかに、その組織が支援している女性たちの隠れ家なら、こんなところがふさわしい」

「安全なところにいれば安心できる。それだけのことよ。どこにあるかは関係ない」ハーロウがいった。「でも、そうね、どん底まで落ちた身としては、いいご褒美《ほうび》ではある」

「おれのためにだれかをここから追い出したりしていないといいが」

「ええ。運がよかった。ここにいた女性《ひと》を昨日、自宅のアパートメントに移したところだったから」ハーロウがいった。「でも、あまり気をゆるめないで。たぶん、明日には別の場所に移ることになるから」

「頻繁に場所を変えるほうがいい」デッカーは六本のパックから冷たいクラフトビールのボトルを持ち上げた。「ビールは？」

「もらうわ」ハーロウがいい、ドジャーズの野球帽を脱いでテーブルに放った。

「栓抜きは？」

「どこかにある」ハーロウが肩をすくめて答えた。

デッカーは引き出しをあさり、その間、ハーロウが食料品の残りを出した。ふたりは主として朝食用の食材、スナック菓子、果物、ビールを買っていた。アパートメント・ビルから楽に歩ける距離に何十ものレストランがあり、たいてい出前やテイクアウトをやっていたので、食料品を買いすぎないようにした。ショッピングカートへの商品の追加を思いとどまるのも楽ではなかった。一年七カ月も食べられなかったスナックや食べ物を、いくつかのショッピングバッグからこぼれ落ちそうになるくらい買ってしまいたかった。

「栓抜きが見つからないの？」ハーロウがいった。

「ほんとうに見つからない」

「ついてきて」ハーロウはいい、ビールを二本ともつかんだ。

人目につかない小さなバルコニーに出ると、彼女はデッカーにビールの一本を手渡した。そして、ボトルの王冠をバルコニーの太い木の手すりにあて、ボトルのてっぺんをたたき、王冠が充分にゆるまってからねじってあけた。デッカーはもう一本を手渡し、ハーロウが同じことをくり返すのを見守った。

「やるじゃないか」デッカーはいった。

ハーロウはにやりとし、自分のボトルをデッカーのボトルとカチリと合わせようとしたとき、アパートメントのドアをノックする鋭い音がして、すばやく動いた。急いで部屋に入ると、ボトルをコーヒーテーブルに置き、右腰に装着していた秘匿携帯用《コンシールド》のホルスターから銃を抜いた。

デッカーも自分のボトルをハーロウのボトルの横に置き、ハーロウの脇をすり抜けてナイフをとりにキッチンへ行こうとした。

「なにをしているの?」ハーロウはいった。

「ナイフをとってくる」デッカーはささやいた。「きみがもう一丁銃を持っているなら、べつだが」

「持っていない」ハーロウがいった。「それに、キッチンに行っても鋭利なものはない。決まりだから」

「のし棒は?」

「パンを焼くこともあまりない」ハーロウはいい、玄関のタッチスクリーン・パネルまえに行った。

スクリーンに触れ、インターフェースを表示してドアスコープのカメラ映像を出した。デッカーも映像を近くで見ようとハーロウの横に行った。そこに映っていたスキンヘッドの黒人が何者かはすぐにわかった。

「信じられない」ハーロウが小声でいった。彼女も訪問者が何者かわかったようだった。「どうする?」

「バッジの提示がない」デッカーはいった。「この男とは過去に何度もやりとりしたが、事件に関係すると思えば、犬にさえもバッジを見せる男だ。それに、おれたちをしとめるSWATチームも引き連れていない。おれをしとめるチームか」

「くそっ」ハーロウはいい、インターコムをつけた。「なにか用、リーヴズ特別捜査官?」

「こんばんは、ミズ・マッケンジー。きみとミスター・デッカーと話ができればと思ってね」

「その名前にはなんとなく聞き覚えがありますけど」ハーロウがいった。「ニュースで聞いたのかも」

「あるいは、ここのバルコニーでビールをいっしょに飲んでいた」リーヴズがいった。「きみらを逮捕するために来たわけではない。いまのところは。少しばかり仲良く話したいだけだ。逮捕したければ、はるかに仲良くないやり方にする」

ハーロウが拳銃をホルスターにおさめ、ドアに向かって行くと、ロックをすべて解除し、ドアをあけた。デッカーは感情をいっさい見せず、ハーロウの数十センチうしろに立っていた。

「デッカー」リーヴズがいい、デッカーに向かって顎を引いた。

「どんな用？」ハーロウがいった。

「入ってもいいか？」

「家宅捜索に同意はしない」ハーロウはそういって、何歩かあとずさった。

「正真正銘の表敬訪問だ」

「敬意など感じられないぜ、リーヴズ」デッカーはいった。

「嫌味の応酬のために来たわけじゃない」

「なら、なんのために来た？　おれを逮捕しに来たのでなければ」

「入ってもいいか？　そっちも、このアパートメントに人の目を惹きつけることだけは避けたいのではないか」

「それは脅し？」

リーヴズがため息をつき、ハーロウに目を向けた。「おれは〈セカンド・チャンス〉の隠れ家をわざわざ危険にさらすような真似はしない。きみとおれは同じ側にいる」

「この人もそうよ」ハーロウがいい、うしろのデッカーに顔を向けた。

「それには謹んで異議を唱えるよ。そのくらいにしておくが」

ハーロウが脇にどき、特別捜査官をなかに通した。リーヴズがダイニングルームのテーブルを身振りで示した。

「座らないか？」

「もちろん」ハーロウがいった。「ビール？」

「今回は社交の訪問ではなく、表敬訪問だ」リーヴズはそういって腰をおろした。

ハーロウはFBIエージェントの向かいに座ったが、デッカーは立ったままでいた。

「それで。なんのつもりだ、リーヴズ？」

「わかりきったことじゃないか？」

「おれを刑務所に連れ戻しに来たんじゃないのか？」デッカーはいった。

「おまえを刑務所に連れ戻したいのは山々だが、どこに問い合わせても、おまえは自由の身だという」リーヴズがいった。「すぐに変わる可能性はあるが、書類はすべてそろっている。ヴィクターヴィルの刑務所長はおまえの恩赦を連邦刑務所局に申請した記憶はないそうだが、こういうものを撤回するのはかなりむずかしい」

「そうか。こんなことをいっても安心できないかもしれないが、こっちもさっぱり――」

デッカーがいい終えるまえに、ハーロウは彼の注意を惹き、それ以上いわないでと首を振った。〝くそっ〟。この人ときたら、恩赦の申し立てを仕組んだのが自分ではないと、リーヴズに認めさせられるところだった。リーヴズを家に入れたのはいい考えではなかったのかもしれない。

「なにかを白状させようとしているわけではない」リーヴズがいった。「捜査関係者全員の仕事を楽にして、すべて白状したいなら歓迎するが。まずミランダ警告（法執行機関が被疑者の取り調べ前にしなければならない警告）をする必要がある。なにか告白する気になったら、教えてくれ」

おかしな会合のあいだ、ほぼ沈黙を保つのが最善だ、とデッカーは思った。

「これ以上なにもいわないほうがよさそうね」ハーロウがいった。「どうやってここがわかったかだけ知りたいわ。今後の隠れ家選定の参考にさせてもらう」

「いいだろう」リーヴズがいった。「ヴィクトル・ペンキンの身に起こったことは聞いたか？」

ハーロウは首をかしげた。「ヴィクトル・ペンキン？　ロシアン・マフィアのボスの？」

「ソルンツェフスカヤ・ブラトヴァの南カリフォルニア犯罪シンジケートのトップと目されている」リーヴズがいった。「全米有数の人身売買ネットワークを運営しているが、そのことはすでにそちらも知っている」

ハーロウは肩をすくめた。「なにがあったの？」

「ほんとうに聞いていないのか？」

ハーロウは首を横に振った。

「今日はほんとうに忙しかったようだな」リーヴズがいった。「昨晩、何者かがペンキンのクラブのひとつを襲撃し、手下を七人殺した。さらに、ペンキンを拉致した」

「おれはペンキンとクズネツォフの公判で証言することになっていたが、公判はなぜかお流れになった」デッカーはいった。

「それについては、おれたちも首をひねっているが、もうどうでもよくなった」リーヴズがいった。「勘を頼りに、今日の午後、エージェント数人をヘメットに行かせた。ヴィクトル・ペンキンはガソリンを浴びてから、頭を銃で撃ち抜いたようだった」

「たいした勘だな」デッカーはいった。

「まあ、ペンキンのことを聞いて、拉致現場を調べたとき、おまえが関係しているのではないかと思わずにいられなかった。いかれた話だとは思った。刑務所に入っている男が七人ものロシア人を殺し、悪名高きロシアン・マフィアを拉致したりできるか？　あり得ない。ちがうか？」

　リーヴズがしばらく相手の反応を待ってから続けた。

「そうさ。どう答えていいかわからなくなるような話だ」リーヴズがいった。「だが、もっとすごいことになる。おれはヴィクターヴィルに電話することにした。おまえにはペンキンに復讐できるわけがない。それをたしかめようとな。すると、おまえはある公判で証言するためにメトロポリタン拘留センター《MDC》に移されたことがわかった。しかも、その公判は三日まえにとり下げられていた。おかしいだろう？　答える必要はない。

　それで、話があやしい方向に転がるのはここからだ。そのせいで、妙なところでペンキンの死体を発見するにいたった。ＭＤＣに電話すると、おまえは昨日の朝、釈放されたというじゃないか。鳥のように自由になったと。さっきおれは、ヴィクターヴィルの刑務所長はおまえの釈放のことを知らなかったといったよな？」

　デッカーはうなずいた。「ああ、たしか」

「それで、おれは考えはじめた。ペンキンの失踪とデッカーの釈放は関係しているのか？　まさか。なにしろ、デッカーはどうやって自力でペンキンの所在をつきとめるというんだ？　おれだってペンキンがどこにいるかわからない。しかも、おれはロシア組織犯罪対策部のロサンゼルス支部を仕切っているんだぞ！　よって、偶然にちがいない、だろ？　おまえが釈放された場所のほんの二ブロック先にあるショッピングプラザの屋内駐車場の階段で、元海軍ＳＥＡＬが頭に二発の弾をくらって殺されたのも偶然だ。連邦保安官が同じショッピングプラザのうまいコーヒーを出す店をおまえに教えてから、一時間と経っていないときにな」

「北のチャイナタウンに向かってよかったぜ」デッカーはいった。

「まったくだ。その同じショッピングプラザでは、元ＳＥＡＬが殺されたまさにそのときに、かなり大きな騒ぎが起こった。何者かが爆竹や閃光手榴弾や発煙筒をショッピングプラザの人ごみに投げ込んだ。大勢のけが人が出た。大混乱だった」

「ロサンゼルスでは珍しくもないような気がするけど」ハーロウはいった。「それで、どうしてここがわかったの？」

「すまん。話がそれた。手短にいおう。おれはいかれた仮説を立て、それに沿って動いてみた。まず、おまえがショッピングプラザでの殺人事件とペンキンの処刑にかかわっているという仮説を立てた。ふつうは証拠もないのに危ない橋を渡ったりはしないが、これは純粋な頭の体操だ。おまえがどうやってあれほど早くペンキンの居場所を特定したかということだけは、どうしてもわからなかった。そこで、おそらく協力者がいるという仮説を立てた」

「仮説だらけだな」デッカーはいった。

「たしかに。地獄への道は〝悪い仮説〟で舗装されている。ことわざ（「地獄への道は善意で舗装されている」）におれなりのひねりを加えてみた」

「それ、気に入ったわ」ハーロウがいい、作り笑いを浮かべた。

「残念ながら、ここから先は気に入らないだろう」リーヴズがいった。「おれは自分自身と、うちの部署の情報分析官に問いかけた。ロサンゼルス大都市圏で、ペンキンを探し出す資源《リソーシズ》を持っているのはだれか？　きみの名前がいちばんに浮かんだ」

「わたしの名前が？」ハーロウはいった。

「きみはかつて、ブラトヴァの活動について正確な情報をうちの部署に提供していた。おれが率いるようになるまえだ」リーヴズがいった。「ストリートの動向に関する情報をきみに大いに頼っていたそうだな。最近はそうでもなかったそうだから、きみも忘れているのかもしれないが」

リーヴズが並べ立てる仮説を、ハーロウは顔色を変えずに聞いていた。

「過去に情報を提供してもらった探偵事務所や人質救出組織に、きみのことを問い合わせ、資金調達パーティーの告知、公式行事への出席、ＳＮＳへの投稿などと照合したところ、きみがとくにある人質救出組織を密接につながっているとわかった」

「この隠れ家の場所は、ほかもそうだけど、厳重に守られている」ハーロウはいった。「その情報を得るには認証つきの捜索令状が必要になる。あなたはそれを持っていないと思う」

リーヴズが降参するかのように両手をあげた。「おれは壮大な仮説に基づいてここにたどり着き、どんなものが見つかるか確認しているだけだ」

「おめでとう」デッカーはいった。「もうしばらくＦＢＩのバッジを手放さずにいられそうだな」

「冗談をいわずにいられないようだな、デッカー」リーヴズがいった。

「奪われていないのはそれぐらいだからな」デッカーはいった。「話は終わったか？」

リーヴズがゆっくりと立ち上がり、しばらくデッカーをじっと見ていた。

「ペンキンにあんなことをしても、おれは責めるつもりはない。よくやってくれたとも思う。連中がおまえとおまえの家族にしたことは非道きわまりない」リーヴズがいった。「だが、おまえが好き勝手に暴れまわるまま、放っておくわけにもいかない。

それは終わりだ。連邦刑務所局がまちがいを正すまでは、おまえを放っておく。だが、その後は刑務所にぶち込む。せいぜいビールをたのしめ。快適なベッドをたのしめ。女との時間をたのしめ。かなり長いあいだ、たのしめなくなるからな」

「出ていって」ハーロウはいった。

「女との時間とはいったが、別に不適切な意味じゃない」

「いいから、出ていって」ハーロウはいい、立ち上がった。

「おれに用があれば、すぐ外にいる」そういうと、リーヴズはドアへ向かった。「それと、ミズ・マッケンジー？」

「なによ？」

「きみがそいつにどんな負い目を感じているのか、どうしてそれほど感情的に入れ込んでいるのか、おれにはわからないが、少し下がって、このままかかわっていていいのかどうか、もう一度考えたほうがいい」

ハーロウはドアを指差した。「よく考えてみるわ」

リーヴズはハーロウの顔をじっと見た。「きみは知らないんじゃないか？」

「なにを？」

「あのバックパックをいつ用意した？」リーヴズがいった。

ハーロウは黙っていた。今日の行動の経過をリーヴズに教えるつもりはなかった。リヴァーサイドでガンサー・ロスを置き去りにしたあと、ハーロウの身許と市内各地の住居がばれるのも時間の問題だと思い、まっすぐパサデナのアパートメントに向かった。ハーロウはロサンゼルス大都市圏に四つのアパートメントを所有しており、どれも高級な界隈にあった。

「きみのアパートメントが荒らされるまえに用意したのだろうな」

「侵入されたら、わかると思うけど」ハーロウはいった。

「パサデナとマンハッタン・ビーチの住居についてはじかに見たわけではないが、ウィルシャー・ブルヴァードの雲の上にある高級アパートメントには行った。何者かが荒らしていたぞ」リーヴズがいった。「パリセーズパーク近くの住居に向かっていたとき、うちのエージェントがここできみたちを見かけたと連絡してきた。あそこもだれかが荒らしていたと聞いている」

「そのために保険というものがあるのよ」

「ロシア人がかかわっているとなると、財産保険ではカバーしきれないぞ」リーヴズがいった。「そろそろミスター・デッカーに別れを告げ、タイへの片道切符を予約したほうがいいかもしれない。ほとぼりが冷めるまで、タイのビーチのバンガローで一カ月ばかりゆっくりしてくればいい。この男の軌道上にいるばかりに、きみまで燃え尽きるところなど見たくもない。きみの働きを当てにしている人は大勢いるぞ。本気でいっている」

デッカーはチャンスが到来したことを感じ取った。長い目で見れば、こっちにとって都合のいい方向へリーヴズを導けるかもしれない。「ロシア人ではなかった」彼はいった。

「そうなのか?」リーヴズがいった。「これまで出てきた点と点をつながないのは、なかなかむずかしいのだが」

「イージス・グローバルについて、なにを知っている?」

ハーロウが困惑のまなざしを向けてきたが、デッカーはとり合わなかった。

「知らないだろうという意味か? それとも、細々《こまごま》と答えてほしいのか?」リーヴズがいった。

「今朝、リヴァーサイドでイージスとつながっているやつを見かけた」

「リヴァーサイドにいたのか?」リーヴズがいった。「ロシア人が死んでいたへメットのえらい近くだ。偶然がますます積み重なっていくな。どうしてリヴァーサイドにいた?」

「アレス・アヴィエーション」

「アレス・アヴィエーション？ 飛行機の操縦レッスンでも受けたいのか？」リーヴズが時計を見るふりをした。「死ぬまえにやっておきたいリストに入っているのかもしれないが、そんなことをやっている時間はないと思うぞ」

「アレス・アヴィエーションはイージスが所有する会社だ」

「その情報をFBI長官に持ち込むまえに、確認させてくれ。イージスが所有する会社のまえで、イージスとつながる人間を見かけたということだな」

「おれが見かけたのは昔の同僚だ。ガンサー・ロス。近ごろではイージスのために際どい仕事をしていると聞いている。帳簿外の仕事を。おそらく、この街のあちこちでイージスとのおもしろいつながりが見つかる。そこの連中が、どういうわけかおれのまわりにやたら湧いてくる」

「そして死体もやたら積み上がる」

「スティールの誘拐事件にからんでいたのは、ロシア人だけではなかった」

リーヴズが首を振った。「デッカー。もう一度いうが、おまえの家族のことについては心からお悔やみをいう。あのとき犠牲になったすべての人たちについても。だが、おまえは怒らせてはいけない人たちを怒らせた。だから地獄の業火を浴びた。残酷だが、それだけのことだ。もう終わりだ。復讐は果たされた。手を引くときだ」

「あやまちを正せる人間は、おれしか残っていない」

なにかがエージェントの顔をよぎったが、一瞬で消えた。それがなにか、デッカーにはすぐにわかった。デッカーのことばに思わず表出した、ほんのかすかなうぬぼれ。ひそかに、しめたと思っているのだ。

「また明日。あるいは今夜遅くか」

「待ちきれないぜ」デッカーはいった。

「見送りはけっこうだ」そういうと、リーヴズが玄関を出てドアを閉めた。

「ビールより少し強いものが必要かも」ハーロウがいった。手がわずかに震えている。

「バルコニーに出ていてくれ」デッカーはいった。「一年七カ月ぶりのビールだ。リーヴズのせいで台無しにされてたまるか」

「買っただけ飲んでしまったほうがいいかもね」ハーロウがいった。「しばらく飲めないかもしれないし」

ハーロウがバルコニーに向かうと、デッカーはドアをロックし、ドアガードをかけ、セキュリティ・パネルをたしかめた。まだ人影が映っている。リーヴズがしばらく玄関前に立ったまま、葛藤しているようだった。リーヴズの気が変わるまえに、急いでこのアパートメントから出て行く必要がある。FBIエージェントが歩き去ると、デッカーはバルコニーのハーロウと合流し、涼しい潮風を吸い込んだ。ハーロウがビールを一本差しだし、ふたりはボトルをカチリと合わせた。

「会話を聞かれていると思う？」ハーロウがいった。

「それはないだろう。だが、ビールを飲み終えたら、部屋に入ったほうがいい。念のために。ほかのアパートメントについてはすまなかった」

「こういう仕事をしているから、仕返しされるのははじめてじゃない」

「いつもの仕返しとはちがう」デッカーはいい、ビールを半分ぐらいひと息で飲んだ。

「荒っぽいことになるのは承知のうえ」ハーロウがいった。「わたしも一人前の大人だし」

ハーロウは携帯電話をとり出して画面をタップし出した。

「インスタか？」デッカーはいった。

「まるでインスタがなにか知ってるような口ぶりじゃない」ハーロウがいった。「いいえ。夕食を頼むの」

「すぐに頼めるといいな」デッカーはいった。「おれを投獄するかどうか、リーヴズは考え直そうとしているようだった」

「にしても、きっとうまくいく」勢いよくメッセージを打ち込みながら、ハーロウがいった。

24

リーヴズはアパートメント・ビルを出ると、通りと平行に走る歩道でヤシの木の〝傘〟のしたにいるエージェントの集団に歩み寄った。キンケイド特別捜査官が集団から離れ、歩道を歩いてリーヴズに近づいてきた。

「なにかわかりましたか？」キンケイドがいった。

「今朝、リヴァーサイドのアレス・アヴィエーションにいたそうだ」

「冗談ですよね？　それだけつかんでも、あいつを引っ張れないのですか？」

「今回の件では早まったことをしたくない」リーヴズはいった。「厳密にいえば、デッカーと犯罪を結びつける証拠はなにもない。おそらく、連邦刑務所局が釈放の経緯をつかむことはないだろう。いま確たる証拠もなしにデッカーをつかまえれば、優秀な弁護士がついて、片がつくまで何カ月も引き延ばされる」

「刑務所長は恩赦申請書に署名していないといっており、連邦検事局もデッカーをメトロポリタン拘留センターに移送する申し立てを取り消しています。それだけそろっていれば、デッカーを四十八時間拘留して尋問できます。連邦刑務所局もそれまでにてちがいを修正できるでしょう」

キンケイドのいうとおりだ。ショッピングプラザで死体が見つかった元SEAL。ペンキンのクラブでの銃撃戦、その後のロシア人の奇妙な死。おまけに、アレス・アヴィエーションのリヴァーサイド・オフィスで働く営業担当が行方不明との届けが出ている。

ジャスティン・ピーターズというその営業マンは昼時にオフィスを離れ、それ以降、目撃されていない。彼が託児所に娘を迎えに現れず、電話にも出なかったので、妻が警察に通報した。リーヴズがオフィスの部長から話を聞いたところ、ジャスティンは昼時にオフィスに残って電話番をすると申し出たという。これまでそんなことは一度もしたことがなかったのだが。

デッカーを引っ張る材料としてはおそらく充分すぎるのだろうが、もっと大きなつながりを見逃しているのではないかという妙な感覚を振り払えなかった。今朝、ジャパニーズ・ヴィレッジ・プラザでの殺人と騒ぎについて知ったときからずっとそうだ。だが、数分まえにデッカーがイージスについて話しはじめたとき、やっとはっきりした。ここ数日に起きた殺人事件は単なる復讐劇ではない。まちがいない。デッカーを少し泳がせて、ほこりをすべてはらい落とすのもいいだろう。スティールの悲劇にかかわっていたのがロシア人だけでないなら、スティール上院議員のためにも、それを探り当てなければならない。

「デッカーとマッケンジーを監視するエージェントの数を三倍に増やせ。マッケンジーのほかのアパートメントを調べているチームを呼び寄せろ。なにかがおかしい《オフ》」

「なにかがおっぱじまって《オフ》いるなら、デッカーを引っ張ってくるほうがいいのでは。そのほうがだれにとっても安全です。怒り狂ったロシア人たちが暴れまわっているのだから、なおさらです」

「そっちの〝オフ〟ではない」リーヴズはいった。「いくつか探ってみたいことがある」

「デッカーを拘留して探ることはできないのですか？」

「あとで説明する。さっきいったとおり、追加のエージェントを呼んでくれ」リーヴズはいった。

「了解。戦術チームも呼びますか？」

リーヴズは首を横に振った。「デッカーを見失いたくないだけだ。相手がどんな連中か、忘れるなよ。マッケンジーもいるぞ。あの女はこの十年の活動で、この街の隅々まで知り尽くしている。甘く見るな」

キンケイドがほかのエージェントに指示を出しているあいだ、リーヴズはロサンゼルス合同地域情報センター《JRIC》のFBIデスクに電話した。

「JRIC。FBIデスク。カール・ウェッブ特別捜査官です。どちらにおつなぎしましょうか？」

「カール。ジョーゼフ・リーヴズ管理官だ。認証コード五・九・六。認証を頼む」

「認証におつなぎします」ウェッブがいった。

何度かクリック音がし、しばらく音が途絶えたあと、自動音声が次のコードを求めた。リーヴズは八桁の番号をゆっくりと述べて待った。

「ジョーゼフ・リーヴズ特別捜査管理官。コードと音声により認証されました。どういったご要件でしょうか？」

「ガンサー・ロスに関する情報をすべて送ってほしい。イージス・グローバルかその関連会社の社員だと思う。また、かつてはアメリカ海兵隊かCIAにいたと思われる。あるいは、アルファベットの略称で呼ばれる情報機関かもしれない。現在はロサンゼルスにいる」

「入力しました。データベースにかけてみます。ほかには?」

「昨日、ジャパニーズ・ヴィレッジ・プラザで殺人事件があった。LAPDは被害者が元海軍SEALだと踏んでいる。さっき問い合わせたところ、名前は不明だった。身分証は偽物だった。身許がわかりしだい、被害者についてのすべての情報がほしい。それから、もうひとつ、続けていいか?」

「どうぞ」ウェッブがいった。

その最後の要請はやめておけと直感が訴えかけてきた。実際にイージスかその関連会社がロサンゼルスでよからぬことにかかわっているなら、イージスの関係者に関して、ロサンゼルスのあらゆる機関や組織のデータを照合したりすれば、相手に警告を与えることになる。世界有数の民間情報収集サービスを展開するイージスには、ロサンゼルスにおける、市、州、連邦各レベルのあらゆる法執行機関部局にコネがある——全システムをハッキングしていないにしても。

「まえのふたつの要請の返答があるまで、最後の要請は保留だ」リーヴズはいった。「先走ってもいいことなどないからな」

リーヴズは通話を終え、大きく息を吐いた。これに手をつけたことを深く後悔しないことを祈った。

25

デッカーは肩越しに振り向き、首を振った。

「現時点では、正直、真うしろの車がＦＢＩかどうかはわからない」彼はいった。「どのみち、これだけ混んでいたら、振り切るのは無理だ――混んでいないところでも同じだが。向こうはおれたちを泳がせているだけだ」

「もう話は終わってるでしょ」ハーロウがいった。「大丈夫」

「隠れ家から六台の車がうしろについた。おそらくその後さらに増えている」

「すぐ右の車はたぶんＦＢＩよ」ハーロウがいい、笑みを見せた。

「ＦＢＩはミニバンになんか乗らないだろう」

「でも、それならなおさらしっかりした覆面になるじゃない」ハーロウがいった。

「ミニバンなんか、だれも疑わないもの」

「まじめな話、少し心配になってきている。いま、この車は空港に向かっている。通常であれば、尾行をまこうと思えば悪くない場所だ。だが、これだけ大勢のエージェントの尾行がついていたらうまくいかない」

「ＦＢＩも空港で尾行をまく方法には詳しくなっている。ターミナルへの出口を出てから尾行との距離を稼げたとしても、向こうはまえもってロサンゼルス空港警察《ＬＡＸＰＤ》に連絡する。ＬＡＸＰＤとＬＡＰＤとロサンゼルス郡保安官が連携しているロサンゼルス空港は、警察の監視を振り払うには最悪の場所になる。ただ、民間組織や犯罪組織の尾行をまくにはまだ使える」

「だったら、どうしてロサンゼルスでいちばん混む道路のひとつで、ロサンゼルス空港へ向かっている？　こっちが空港に行ってもしかたないとわかっていることは、向こうもわかっていると思うが」

「いろいろ考えさせたいのよ」ハーロウがいった。「ひょっとして、こっちが次善策を思いついたのかもしれないと思わせたい」

「なあ。どうするつもりだ？」デッカーはいった。「どんな手を考えているにしろ、百パーセントうまくやらないとまずいぞ。チャンスは一度だ」

前方の信号が青になり、南へ向かう車の列が動きはじめ――ゆっくりとスピードが上がりはじめた。信号が黄色に変わると同時にスーパーバ・アヴェニューとの交差点を通り抜けると、遠くでブレーキランプが次々と灯り出した。数十メートル先にある次の信号が赤に変わったのだ。ハーロウはまえの車が完全に停まるまで、ゆっくりと走った。

「おれを通りでおろしてもうまくいかないぞ」デッカーはハーロウに目も向けずにいった。

「わたしを信頼するの?」

「どうやって突然姿を消すマジックをするのか、わからないだけだ」

「わたしを信頼するの?」

デッカーはうなずいた。「ああ。する」

「だったら、なにも心配要らない」

「どんな手を使うつもりか、ほんとうに教えてくれないのか?」

ハーロウはかぶりを振り、にやりとした。「たいしたものじゃない。心配しないで。あなたが行くまえには、さよならぐらいはいうわよ」

「ちょっと待て。きみは来ないのか?」

「あなたもいっていたけど、FBIから逃れるには奇跡が必要なの」ハーロウがいった。「わたしには、どっちかひとりを逃がすぐらいの奇跡しか起こせない」

「そのツケをきみにすべて負わせたくはない」デッカーはいった。「もう充分やってくれた」

「わたしは大丈夫。あなたに逃げられたとわかったら、向こうはわたしをしょっぴいて尋問するでしょうけど、やれるのはそこまで。リーヴズがわたしたちのどちらかに対して確たる証拠を持っていたとしたら、わたしたちはいまこんなおしゃべりなんかしてないし」ハーロウがいった。「おまけに、ここには支援ネットワークがたくさんある。あなたと離れていても、調査して情報を送ることができる。あなたの追跡はむずかしくなる」

「当然、きみもできるだけ早く姿をくらますと思っていいんだろうな？　同じ連中に追われることになる」

「もう手を打っている」ハーロウがいった。「こっちも全員に対処するよう指示した。SCIFの場所を変え、すべてを新しくしている。これまでわたしがしてきたことにつながるものは、ひとつも残さない」

「少しでも厄介なことになりそうだと思ったら、きみは手を引くんだ。わかったか？」デッカーはいった。「本気でいっている。身を隠し、すべてが終わるまで待つんだ」

ハーロウは口を結び、南へ蛇行するリンカーン・ブルヴァードに連なる車をじっと見つめた。「わたしはもう、あなたがストリートから救った子供じゃないの」彼女はつぶやいた。

デッカーは首をかしげ、ハーロウを一瞥した。

「そのぐらいはこの数日でわかっている。きみは自分の面倒を自分で見られる」デッカーはいった。「だが、おれのいうことをよく聞いて、真剣に受けとってほしい。こんな状況なら、だれにでも同じことをいう。ガンサー・ロスは適当にあしらえるような相手ではない。イージス・グローバルが全力で後押ししているとなればなおのこと。それに、知ってのとおり、ロシア人たちも、なにが起こったかつきとめようと、街を引っかき回す。FBIとのちょっとした諍《いさか》いはもとより。上から目線に聞こえたら謝る。だが、おれのせいでまただれかの人生がつぶれて、これ以上〝スコアカード〟を汚したくないだけだ」

ハーロウはゆっくりと首を振った。デッカーが耐えてきた悪夢の全貌を知ることなどできないし、試みようとも思わない。デッカーがまた自分の道を見つける手助けをしたいだけだ。あれだけの命を救う原動力となった理想や目的をまたもってほしいだけ。

ハーロウにいわせれば、デッカーのスコアボードは決して泥にまみれてはいなかった。公判記録を読み、新聞記事にも目を通した。性奴隷産業、ひょっとするともっとひどい環境で、短く残酷な人生を送ることになっていた十五人の子供たちをすべて救おうとして、メガン・スティールの救出を遅らせたばかりに、ライアン・デッカーは指弾されたのだ。子供たちのなかには、臓器売買のためにすぐに売られた者もいた。死よりひどい運命だ。悲惨にも救出作戦は、子供たちだけでなく、デッカーの人質救出チームのメンバー十一人も死ぬという思いもよらない結果に終わった。

一度の高性能爆薬の大爆発によって、デッカーは救出者から破壊者に変わってしまった。ちりちりと燃えている木片や人体の一部が家の焼け残りに降り注ぐなか、知らぬ間に、国の各地で悪夢がはじまっていた。WRGの主要メンバーの家族が組織的にレイプされたり殺されたりしていたのだ。ソルンツェフスカヤ・ブラトヴァは、自分たちに邪魔立てする組織や集団に対し、情け容赦のない残酷なメッセージを送った。

「あなたはスコアカード全体を見ていない」ハーロウはいった。

「おれにとっていちばん重要なところを見ている」ハーロウはいい返そうとしたが、デッカーがさえぎった。「この話はあとにしよう。最後の要望はあるかと訊いたな？」

数十メートル先、ヴェニス・ブルヴァードとの交差点の信号が青に変わった。三車線のヴェニス・ブルヴァードの交通量が多いから、こちら側の信号が短めになっていることを、ハーロウは経験から知っていた。今夜これ以上のチャンスは来ない。

「早くいって」ハーロウはいった。

「おれの娘。ライリーのことだが？　どこにいるかわからないが、どうにかして娘にも警告する必要がある。おれが真相をつきとめるまで、娘をかくまってほしい。おれの知るかぎり――」

「義理のお姉さんといっしょにいる。どこにいるかも知っている。まかせて」ハーロウはいった。「あなたのご両親のことも。ご家族のことは心配しなくて大丈夫」

デッカーはあぜんとしているようだった。「どこにいるか知っているのか？　どうしてもっと早くいってくれなかった？」

「集中しておいてほしかった」ハーロウはいった。

「本気か？　冷たいんだな」

「ほかには？　もうすぐ時間切れよ」

遠くの車からブレーキランプが次々と消え、二車線の車の列がじょじょにスピードを上げて交差点に進入した。ハーロウが用意してあったメッセージの〝送信〟ボタンを押したところで、デッカーが口をひらいた。

「リーヴズがいったこと――いや、いったことではなくて、おれがいったことへの反応だが。あやまちを正せる人間はおれしか残っていないといったとき、一瞬だけ妙な顔をした。おれの知らないことを知っているかのような」

「もっと手短に話して」ハーロウはいった。もうじきはじまる。

「WRGの人間がロシアの粛清を生き延びたんじゃないか」デッカーはいった。

ハーロウの同僚たちが調べたかぎりでは、WRGの主要メンバーおよびヘメットにいた者たち全員が、刑務所の内外で、自殺したか殺害されていた。デッカーだけが、何度も命を狙われたものの生き残った。

「生き残った人がいるという情報は得られなかったけど、チームにもう一度探らせてみる」ハーロウはいった。

「きみのチームにできるかどうかわからないが、おれなら連邦証人保護プログラムを調べる」

「できると思う。ほんとうに調べてもいいの？」

「それしか手はない」デッカーはいった。「だれがおれたちをロシア人に売ったのか知らないが、WRGの人間としか考えられない。ハーコートには、作戦についての詳しい情報を伝えていない。依頼人の代理人には作戦の詳細をなるべく知らせないほうがいい。それは、この業界に入ってまもないころに学んだ」

「でも、ペンキンは、爆破にも殺人にもかかわっていないといっていた」ハーロウは
ブレーキをゆるめながらいった。「それに、FBIを引き込むつもりもなかったはず」

ハーロウの車がのろのろと進んだ。路上の車はかろうじて流れている。

「そうなると、スパイはどちら側とも手を組み、FBIには、こっちの戦術指令センターの位置を流していた――取り引きした」

「それは考えすぎよ、デッカー」

「そうか？　すべてが同時に起こった。まえまえから不思議だったが、みんな死んだとされて――おれは自分を責めるのをやめた。だが、リーヴズの態度を見て、また考えてみることにした」

「探ってみる」ハーロウはいった。「もうひとつの件もやっておく。準備はいい？」

デッカーはあたりを見まわした。「ここで？」

「もうすぐ」ハーロウはいった。「シートベルトを外して、手で抑えておいて」

「徒歩では逃げられない。それは無理だ。追手が多すぎる」デッカーはそういいつつも、シートベルトのオレンジ色のボタンを押した。

「いいから、わたしが指示を出したら、指示どおりに動いて。そうすれば、すぐに姿

を消せる」

「わけがわからない」デッカーはいい、首を横に振った。

「わたしを信頼するんでしょ」

「おれに決める権利はあるのか？」

「ない」ハーロウはそういってアクセルを踏み、広がっていたまえの車との距離を詰めた。

26

リーヴズは前方の道路に双眼鏡を向け、デッカーとマッケンジーを視界にとらえていた。見失うことはないと思っていた。ＦＢＩエージェントが、まず気づかれることのないふたつのＧＰＳ追跡装置をデッカーたちの車にとりつけていたのだ。また、全部で十台の車に追跡させていた。四台がうしろにつき、四台が脇道を走り、二台が先行車に紛れ込んでいる。

それでも足りない場合に備えて、いちばん近いＬＡＰＤのヘリコプターを使えるようにしていた。ヘリは五分以内に到着するということだった。マッケンジーはこの街を熟知しているが、これほどの防御態勢《ゴーントレット》を突破することはできない。今夜は無理だ。

リーヴズは双眼鏡をおろし、携帯式無線機を持ち上げた。

「混んだ交差点に近づいている。あわてるな」リーヴズはいった。

まえの車が動きはじめると、キンケイド捜査官がのろのろと車をまえに進めた。

「どうするつもりですかね？」

「夕食を食べて映画を見るつもりじゃないのはたしかだ」

「そうだとしてもうなずけますけどね」キンケイドがいった。「デッカーにとっては、最後の夜遊びですから」

リーヴズはキンケイドに目を向けた。にやついている。「あのふたりがアパートメントを出たところでつかまえればよかったな。こんなのは時間と資源《リソーシズ》のむだだ」

「一か八か逃げますよ。失うものもないでしょう」キンケイドがいった。「そのときはつかまえて、ピザとビールにでも連れていって、ペンキンの礼をいい、そのあとで連邦刑務所局が来るまで尋問室にぶち込んでおけばいいですよ」

「たしかにペンキンに関しては恩がある」リーヴズはいった。「だが、そんなせりふは絶対に人に聞かれるな。ここだけの話にしろ」

無線機が耳障りな音を出した。「こちら尾行《テイル》ワン。隣のレーンを走っていた配達トラックが北行きのレーンに移りたいらしく、こっちのまえに出ようとしています。くそっ！　いま、まえの車が割り込ませた。ターゲットの車が見えません」

リーヴズは双眼鏡を持ち上げた。たしかにオーガニック食材の配達トラックがデッカーの車のすぐうしろで、南行きのレーンから北行きのレーンに移っているところだった。〝いったいなんだ?〟

「先導《リード》チームはどうだ?」リーヴズはいい、デッカーのまえを行く車が背後の状況をしっかり監視していることを祈った。

「こちらリード・ワン。なにもありません」外側のレーンの車が報告した。

「リード・ツー。なにもありません。変わりなし」

トラックがゆっくり進む車の列に割り込むと、クラクションやタイヤのきしる音がやかましく響いた。

「気に入らないな」リーヴズはいった。「テイル・スリーおよびフォー、尾行を中止し、あのトラックを止めろ」

リーヴズの車の背後にいた二台が強引に北行きのレーンに移った。リーヴズが双眼鏡でマッケンジーのセダンを見ると、ちょうど助手席の人間がリアウインドウ越しにうしろをちらりと見た。デッカーはまだ車に乗っている。

「こちらリード・ツー。デッカーとマッケンジーはまだ車内にいます」

「こっちも確認できた」リーヴズはいった。「テイル・ワン、いまからデッカーのすぐうしろにつけ。ターゲットとのあいだに割り込ませるな。わかったか?」

「わかりました」エージェントがいった。「機会が訪れしだい、うしろに滑り込みます」

「こちらテイル・スリー。まだトラックを止めておきますか？」

監視ターゲットがふたりともまだ車に乗っている以上、トラックを追う理由はない。

「いや。トラックを解放し、元の位置に戻れ」リーヴズはいった。「必要なら回転灯を出していい。おれたちがここにいるのはばれている」

二車線に連なる先行の車列が交差点に流入し、リーヴズの車もスピードをあげたが、すぐにのろのろに戻るのはわかっていた。信号が青に変わっても、まえを走る車が動き出すまでに一分近くかかっていたからだ。数秒後、正面の信号が黄に変わった。短い信号に業を煮やしたのか、混んだ交差点を迂回《うかい》しようと脇道にそれる車も出はじめた。

「こちらテイル・ワン。ターゲットの真うしろに移動します。何台か退かせました」

ターゲットの真横につけて、マッケンジーが脇道に出られないようにしようかとも思ったが、考え直した。この交通量では、ずっと真横にとどまるのは至難の業だ。尻にくっついているほうがいい。マッケンジーが大胆な手に出ても、脇道にも多くの支援部隊がいる。

「了解。その位置を保て」リーヴズはいった。

前方からブレーキランプが次々と灯り、リーヴズの車もすぐに停止した。見たところ、この交差点を抜けるには、あと三回、停止しないといけないだろう。マッケンジーが空港まで彼らを引き連れていくのだとしたら、あと一時間はこの渋滞が続く。キンケイドが音を立ててため息をついた。「長い夜になりそうですね」

「まったくだ」リーヴズがいった。

27

リーヴズはたったいま目にしたことがほとんど信じられなかった。マッケンジーがウインカーも出さずにリンカーン・ブルヴァードを離れ、ロサンゼルス空港の〝全ターミナル〟行きの出口ランプに折れたのだ。デッカーはほんとうに空港で姿を消すつもりだ。リーヴズのセダンのすぐまえにいた二台のFBI車両がマッケンジーのセダンのすぐうしろについた。キンケイドは出口ランプに折れると、いちばん右のレーンに寄った。

「全チーム。ターゲットは空港に向かった」リーヴズはいった。「リード・ワンおよびツー、センチュリー・ブルヴァードでUターンし、ナインティシックス・ストリートで空港ターミナルに来い。標識が見えるはずだ」

二チームが応答すると、すぐさまリーヴズは無線に戻った。

「テイル・ワンおよびツー、こちらはデッカーのすぐうしろにつく。出口ランプの先は複数レーンにわかれる。そこでこちらがきみらを抜く」

「ほんとうに、あいつがここでなにかすると思いますか?」キンケイドがいった。

「あの男はあなどれない」リーヴズはいった。「どんな手を使うのかはわからないが、あいつは書類まで捏造《ねつぞう》して刑務所から釈放された。おれは危険を冒すつもりはない。デッカーがあの車から一歩でも外へ出たら、必ずつかまえる」

リーヴズは三十分まえにかけた番号にまた電話した。ロサンゼルス空港警察《LAXPD》の当直巡査部長が出た。

「パウエル巡査部長です」

「巡査部長、またリーヴズ特別捜査管理官だ。監視ターゲットがリンカーンをおりてそちらへ向かった。出発ロビーへ向かうのか、到着ロビーに向かうのかはわからないが、各階にそちらの警官を配置して、彼を監視してもらえると助かる。ターゲットがわれわれに大きく先んじて到着した場合に備えて」

「もちろんです。各階に数十人の警官がいます」パウエルがいった。「令状や相当の理由なしに逮捕はできないので、純粋な監視のみとなります——そちらでどちらかを提示できるなら話は変わりますが」

「ターゲットが車からおりたら連行し、複数の殺人容疑で聴取する」

「先ほどの電話では、その話はしていませんでしたが」パウエルがいった。「そんな。そうなると話はちがってきます」

「そちらの警官はターゲットを見張ってもらえればいい。一般人に危険がおよぶことはない。彼には一般人や法執行機関の警官に危害を加える気はない。おれはほんとうにそう思っている。車からおりたら、われわれが取り押さえる」

「わかりました。その男の人相は？」

「シルバーのトヨタ・カムリの助手席に乗っている。白人男性。茶色の短髪。丸刈りに近い。カーキのズボンと水色のボタンダウン・シャツを着ている。裾は出している。茶色のハイキングブーツ」

無線機から声が聞こえてきたが、よく聞きとれなかった。

「なんだって？」リーヴズはキンケイドを肘でつついて訊いた。

「デッカーが野球帽をかぶったそうです。色はわからないとのこと」

「パウエル巡査部長？　すまない。監視ターゲットが野球帽をかぶったとの報告が入った」

「了解」パウエルがいった。「全ターミナルの全警官に伝えます。監視ターゲットが出発ロビーへ向かうのか、到着ロビーへ向かうのか判断していただくまで、この電話は保留にしておきます」

「ありがとう、巡査部長。随時連絡する」リーヴズはそういって膝に電話を置いた。

「電話は音が出ないようにした」

「よかった。その男が危険ではないと本気で思っているのか、訊こうと思っていました」キンケイドがいった。

「だれにも危害を加える気はないと本気で思っているが、死に物狂いになっているのはたしかだ。状況しだいでは、どんなことをしでかすか、だれにもわからない」

出口ランプの先は車も少なくなっていた。キンケイドはスピードをあげて二台のFBIの車を追い抜き、道路が出発ロビー行きと到着ロビー行きのレーンに分かれるまえに、デッカーの真うしろに滑り込んだ。分岐点が近づいても、ターゲットの車は右レーンにとどまったままで、デッカーは到着ロビーに向かっているとしか思えなかった。

「テイル・スリーおよびフォー、いちばん左のレーンに移れ。ターゲットが出発ロビー行きのレーンに入った場合に備えて」リーヴズはいった。「それ以外は現在の位置を保て」

「到着ロビーへ向かう可能性がいちばん高いですね」キンケイドがいった。「出迎えのレーンは大混雑しますから。手荷物受取所はもっとひどい。デッカーが空港のビルに入ったら、大変なことになりますよ」

「そういう状況を利用してしばらく身を隠し、上階か同階で再浮上する機会をうかがう。そしてタクシーをつかまえる。車を奪うかもしれない。あいつにしてみれば、監視の目をかいくぐって車に乗ればいいだけだ。それでこっちは振り切られる」

「デッカーの尻から離れませんよ」キンケイドがいい、セダンとの距離を詰めた。

分岐点に近づくにつれて、ターゲットが左に急ハンドルを切って上階の出発ロビーに向かう気配はないかと、リーヴズはふたりの動きに目を凝らした。数秒後、ターゲットの車は行き先を分けるコンクリートの分離帯を通りすぎた。九メートルほど先のカーブのあたりで、高さ一メートルの厚い仕切り壁がなくなっている。マッケンジーにとってはもう一方のレーンに移る最後のチャンスだ。セダンはいちばん右のレーンから動かず、レーンは到着ロビーへ向かって急に下った。

「終わりだ」リーヴズはいい、電話を手にとって無音《ミュート》を解除した。「パウエル巡査部長？」

「はい」

「ターゲットは到着ロビーに向かった。こちらはすぐうしろにつけている」

「到着ターミナルの警官たちを歩道に向かわせます。随時位置を教えていただければ、そのまま彼らに伝えます。ターゲットが車をおりたら、すぐに監視をはじめられるように。ところで、そのターゲットは何者なんです？　訊きそびれていましたが」

「ライアン・デッカーだ」巡査部長の知らない名前であることを期待しつつ、リーヴズはいった。

「子供たちが爆殺された事件で公判にかけられたライアン・デッカーですか？」

「そいつだ」

「そんな。十年喰らったと思っていましたが」パウエルがいった。「ぐちゃぐちゃな事件でしたね、実際」

巡査部長の最後のことばをどうとらえていいか、リーヴズにはよくわからなかった。デッカーの過失が恐ろしい結果を招いたというのに、この事件に対する世間の評価は定まっていないが、法執行機関のデッカーに対する反応はほぼ一貫していた。WRGに頭越しに動かれたり、踏みつけにされたりした警察や法執行機関は、リーヴズのところだけではなかった。パウエルの意見はどちらともとれるものだったので、リーヴズは話をそらすことにした。

「いま、アンダーパスに差しかかった。まちがいなく出迎えゾーンにおりていく」リーヴズはいった。「そちらの警官がわかるように、到着したらハザードランプとハイビームをつける」

「伝えておきます」パウエルがいった。

キンケイドは第二ターミナルに着くまでずっと、まえを走るトヨタのバンパーにぴったりくっついていた。第二ターミナルに着くと、マッケンジーは二台のバンのあいだに器用にセダンを入れ、縁石に沿って車を停めた。

「ターゲットは第二ターミナルで停まった。四番出口のまえだ」リーヴズはいった。応答を待つことはなかった。

リーヴズは携帯電話を中央のコンソールに置き、シートベルトを外した。キンケイドが二台目のバンのうしろから急に横に出て、マッケンジーのセダンのすぐうしろに入った。そして、何度かハイビームをつけ、ギアをパーキングにいれてシートベルトを外した。明るい蛍光灯に照らされた歩道では、何人かの警官がある程度の距離を保ってマッケンジーの車をとり囲んでいた。リーヴズとキンケイドはそのまま一分近く座っていた。

「いったいなにをしているんですかね?」キンケイドがいった。

「状況を見定めているんだろう」

「見定めるものなど、ここにはたいしてありませんが」キンケイドがいった。「デッカーはどこへも行けません」

「なにかたくらんでいる」

「だれか来ました」キンケイドがいった。「警官がひとり、そっちのドアに向かっています」

リーヴズが右に目をやると、巡査部長の記章をつけた恰幅《かっぷく》のいい警官が会釈してきた。リーヴズはウインドウをあけて会釈を返した。

「パウエル巡査部長、ＦＢＩのジョー・リーヴズだ」

警官は車から数十センチ手前で足を止め、膝に手をついて身をかがめた。

「この状況を手早く解消しないといけません。警官たちがぴりぴりしており、ここで 車の流れがせき止められています」パウエルがいった。「通常なら、もう彼らを移動させるところですが、当然ながら、状況を悪化させたくはありませんから」

「もうおりてきてもいいはずだが。行き場もないし」リーヴズはふと、ジャパニーズ・ヴィレッジ・プラザの一件の詳細な報告書を思い出した。「くそ」

「え？」パウエルがいい、身を起こした。

「なんでもない」リーヴズはいい、キンケイドに顔を向けていった。「すぐ引っ張るほうがよさそうだな。どうもおかしい」

「同感です。こちらは彼を包囲していますから」

「巡査部長、おれはそろそろデッカーのささやかなゲームを終わらせる」リーヴズはいい、ドアハンドルに手を伸ばした。

リーヴズがドアをあけた瞬間、デッカーがトヨタから飛び出し、手荷物受取所へ続く回転ドアへ駆け出した。リーヴズも急いで車からおり、巡査部長を押し倒しそうになったが、そのままデッカーを追いかけた。

「ターゲットは手荷物受取所へ向かっている！」リーヴズは空いているほうの手で拳銃を引き出した。「青い野球帽。全員車からおりろ！」

デッカーはドアに向かって走りつづけている。十人あまりのＦＢＩエージェントが銃を手にそれぞれ車からおり、長旅に疲れた乗客たちを散らしつつ、歩道を突っ切って追跡した。悲鳴をあげて逃げまどう一般人をかき分けて、リーヴズもターゲットを追ったが、手荷物受取所のエリアに入るまえにデッカーに追いつくのは無理だと思った。〝もうたくさんだ〟と思い、銃を持ち上げた。

リーヴズが大声で制止するまえに、デッカーが髪の長い女とぶつかった――が、おかしなことに、女を押し倒すことはなかった。女を抱きしめ、情熱的にキスしているそばで、リーヴズは慌てて足を止めた。「デッカー！　もう終わりだ――」リーヴズはいいかけ、歯を食いしばって続けた。「どうなってるんだ？」

デッカーとまったく同じ恰好をしたたくましい体つきの丸刈りの女が、キスをやめてリーヴズをにらみつけた。「〝どうなってる〟って？　女同士がキスしてなにか問題あるの？」

もうひとりは驚くほど魅力的なブルネットの女だったが、その女もリーヴズをにらみつけている。

リーヴズは鼻を鳴らしてふたりを指差した。「だまされないぞ、ご婦人がた」彼はそういうと、肩越しにキンケイドに目をやった。「このふたりをここにとどめておけ」

「デッカーはどこです？」リーヴズがシルバーのトヨタのほうへ駆け出そうとしたとき、キンケイドが訊いた。

「デッカーってだれよ？」リーヴズにも聞こえるほどの声で、ブルネットがいった。

リーヴズは振り返った。「デッカーがだれかはよく知ってるはずだ！」

「あんたはだれなのさ？」丸刈りの女が訊いた。

「特別捜査管理官ジョーゼフ・リーヴズだ」リーヴズはいい、バッジを探した。ズボンのポケットに無線機をいれ、上着のポケットからバッジのホルダーをとり出すと、女の顔のまえでひらいた。「きみは共犯者だ！」

「なんの共犯？」女がいった。

リーヴズはふさわしい答えを思いつけず、ことばに詰まった。「その態度がいつまでつづくだろうな」彼はそういうと、トヨタに向き直った。

リーヴズは凍りつき、しばらく動けなくなった。運転手がいない。

「ちくしょう！」リーヴズは声を殺していい、慌てて人ごみのなかを探した。「パウエル巡査部長！」

巡査部長が小走りでやってきた。怒りの形相を浮かべている。「どうなっているのですか？」

「まだわからない。デッカーが行方をくらました」リーヴズはいい、だれも乗っていないトヨタに近づいていった。「到着階への車の出入りを遮断してもらわないといけない」

「それはできません。すみませんが。デッカーの逮捕令状か、彼が直近の犯罪を犯したという確たる証拠がなければ、世界有数の混雑ぶりの空港をロックダウンするわけにはいきません。いずれもお持ちでないように思えてならないのですが」

「空港全体をロックダウンしてほしいわけではない」リーヴズはセダンのウインドウをのぞき込みながらいった。「到着階から出る道路だけでいい。運転していた女は、おそらくわれわれのあとから来た車に乗ったのだろう」

「女？　尾行対象は何人いるんです？」

「デッカーは最初から車に乗っていなかったのかもしれない」リーヴズはＦＢＩエージェントに囲まれているふたりの女を身振りで示した。「あそこの女、野球帽をかぶった方が、どこかでデッカーと入れ替わったにちがいない」

パウエルは納得していないようだった。「あの女性たちのどちらかを逮捕するつもりですか？」

「まだわからない」リーヴズは答えた。「車を捜索する必要がある」

「車の捜索令状は持っているのですか？　相当の理由は？」

「令状はない」

「相当の理由もありませんね」パウエルが付け加え、ため息をついた。「申し訳ありません。出迎えのゾーンからそちらのエージェントたちをどかせていただかないと。どこでこの〝サーカス〟を続けてもらってもいいが、ここは遠慮願います。空港の安全を守るという任務がありますので」

「そう無礼なものいいをしなくてもいい」

「申し訳ありません」パウエルがいった。申し訳なさそうな口調ではなかった。「私はここにいもしない男のために、空港の全警官に警戒態勢をとらせてしまったのですよ。ただちにこのエリアからそちらの車両をどかせてください。他意はありません」

「他意など感じていない」リーヴズはいい、うなるような声を漏らしながらポケットから無線機をとり出した。

これ以上ごり押ししたり、マッケンジーを探そうとしたりしても意味はない。いまとなってはデッカー同様、マッケンジーも姿を消した。「全チーム。撤収だ。全車両は三十秒以内に移動しろ」リーヴズはパウエルを見た。「これでいいか?」

「完璧です。次は幸運を祈ります」

リーヴズは無理やり笑みをつくり、巡査部長をトヨタの横に残して歩き去った。そして、何人かのエージェントの横を通ってキンケイドのところへ行った。キンケイドはふたりの女を明らかに持て余していた。

「来たわ」ブルネットがいった。「帰っていい? 一日がかりの長旅だったんだけど」

「きっとそうだろうな」リーヴズはいい、丸刈りのほうに注意を向けた。「それで、デッカーとはいつ入れ替わった?」

「はい？」

「くだらない芝居はやめろ」リーヴズはいった。「ここへ来る途中、どこかでデッカーと入れ替わったのはわかっている。ヴェニス・ブルヴァードに折れた食料品配達トラックか？」

「あたしは夜からずっとあの車に乗ってた」と女は答えた。

「ああ、そうだろうよ。ミズ・マッケンジーは、いまちょっと散歩に出てるだけだろう。そろそろ戻ってくるはずだな」

「あたしにわかるわけないじゃない？　あの人、あたしにキーを渡しておりたんだから。ジェスの荷物の受けとりを手伝いに行ったと思ったのよ」

「それで、ミズ・マッケンジーが突然いなくなっても気にならないわけだ」リーヴズはいった。話のばかばかしさに思わず笑みが漏れた。

「ちょっと。あたしは彼女の母親じゃない」女がいった。「それに、あれはあたしの車よ。空港からいっしょに帰りたくないなら、ウーバーを使えばいい。こっちはどっちでもいい。あたしは彼女の頼みを聞いただけ」

「ミズ・マッケンジーはあんたの車をこの二時間ずっと運転していた」リーヴズはいった。「サンタ・モニカ・ビーチのアパートメントであのふたりと話をしたとき、あんたが車にいなかったことはわかっている」

「ひと晩、車を貸した。頼みを聞いたといったのは、そういうこと」女がいった。「それに、あのアパートメント・ビルのまえで、あたしはあんたのすぐそばを歩いていった」

「ばかいえ。だったら、気づいていたはずだ――」

「失礼！　お邪魔して申し訳ありませんが」パウエル巡査部長がいった。いつの間にか、キンケイドの横に来ていた。「この車も動かしてもらわないと」

「あたし、逮捕されるの？」丸刈りがいった。

「わたしは逮捕されるはずないわ」ブルネットがいった。「ここに着いたばかりなのよ」

「航空機のチケットはありますか？」リーヴズはいった。

「みなさん、そろそろ？」パウエルがじれたようすでいった。

ブルネットがブランド物のハンドバッグに手を入れ、チケット・ケースをとり出した。なかにはチケットの半券と印刷された旅程がきれいに折ってはいっていた。リーヴズはそれを女の手からとり、チケットをざっと確認した。

「ジェシカ・アーネイ」リーヴズはいった。「ミネアポリスから？」

「ええ」彼女がいった。「身分証もお見せしましょうか？」

リーヴズは首を振った。「ミネアポリスでなにを？」

「あなたには関係ないわ」彼女がいい、冷たいまなざしを向けた。それ以上、彼女について知るべきことなどないというかのようなまなざしだ。どんな陰謀かは知らないが、彼女はそれに加担している。とらえどころのないすかした外見はカモフラージュにすぎない。丸刈りも同様だ。マッケンジーの仲間内でも、手練《てだ》れのメンバーだ。

「それなら、これ以上引き留めないほうがいいな」リーヴズはいい、どうぞと腕を振り、ふたりを帰した。

「いいんですか？」キンケイドが訊いた。

「いいんだ」

リーヴズがふたたび車に乗り込むと、キンケイドはゆっくりとトヨタの横を走らせた。リーヴズはあけたウインドウからふたりの女をじっと見た。パウエル巡査部長がセダンのそばの縁石に立ち、女たちがトランクに荷物を積むのを手伝おうとしていた。

「ひょっとして、トランクにいるのかもしれませんよ」キンケイドがいった。

「いや。アパートメントか路上で丸刈りの女がデッカーと入れ替わったんだ」リーヴズはいった。「デッカーがトランクで丸まっているなら、お人よしの巡査部長に荷物を積むのを手伝ってくれと頼んだりはしない」

「たしかに」キンケイドがいった。「あのふたりはしらじらしい嘘をついていました」

「ついていたともいえるし、ついていないともいえる」

「ついていない、とも？」

「丸刈りは嘘をついていたが、もうひとりはどうだ？」リーヴズはいった「ミネアポリスへ行ってきたのはまちがいない」

「さっき見たチケットはごみ箱から拾ってきたものかもしれませんよ」キンケイドがいった。「身分証は見ていませんよね」

「必要なかった。デッカーの両親がミネアポリスに住んでいる」リーヴズはいった。

「偶然にしてはできすぎで、見逃しようがない」

キンケイドは合点がいかないようだった。

「旅程全体を見たか？」リーヴズは訊いた。「ミズ・アーネイがミネソタへ発ったのは昨日の夕方近くだ」

「ペンキンが拉致されるまえですか？」

リーヴズはうなずいた。「六時間近くまえだ」

「よくわかりません」キンケイドがいった。「状況をもとにした推論の寄せ集めだと思いますが」

「あるいは、ペンキンは手はじめにすぎないのかもしれない」リーヴズはいった。

「マッケンジーはデッカーと一心同体だ」

「イージスがどうのという話はどうですか？」

「ほんとうかもな」リーヴズはいった。

「少し不自然な感じがしましたが。ちょっと都合がよすぎるというか」

「いつもなら、おれもそう思うだろうが、なんとなく、今回の件にはずっと大きなたくらみが進んでいるような気がしてならない」

「あのふたりを尾行するのですか？」キンケイドがいった。

リーヴズは後部座席に手を伸ばし、衝撃に強いタブレットをとり出し、膝の上に置いた。少しして、画面が立ち上がり、ロサンゼルス国際空港を中心としたフルカラーのストリートマップが表示されると、助手席側の車内が明るくなった。リーヴズは画面の輝度を低くし、データの通信状況をたしかめた。ふたつとりつけた追跡装置は、いずれも強い信号を送信している。

「当然だ」

28

ついさっきリーヴズ特別捜査管理官の捜査網から逃がしてくれたSUVの後部座席に横になり、ハーロウは頭上を過ぎていく街灯を眺めていた。リーヴズが出迎えゾーンで撒《ま》いた餌を丸のみしてくれたおかげで、思っていたよりずっと早く、姿を消す絶好のチャンスが到来した。空港でリーヴズから逃れられるとはまったく思っていなかったが、念のため、逃走用の車を用意しておいた。視界に入っていたFBIエージェントが、ひとり残らずパムを追いかけていったとき、ハーロウはパムのトヨタからおり、近くのSUVに乗った。

「楽勝だったわね」ソフィーがいった。行方不明者の捜索においてもっとも優秀なスタッフだ。

「ほんとうにFBIには気づかれなかった?」

「あり得ない。この混みようだし。夜だし」ソフィーが答えた。「連中はあなたたちに注意を向けていた。ヴェニス・ブルヴァードでトラックを追跡したふたつの尾行チームが戻ってきたのは確認した。みんなまえしか見ていなかった」

「ワオ。今夜はとんでもないくされマジックを披露しないといけないかと思っていたのに」ハーロウはいった。

「個人財務管理《PFM》（銀行口座、クレジットカード決済情報、証券口座の資産残高などの情報を自動で取得し、一元管理するソフトウェアサービス）のクレジット限度額は超えちゃってるわよ」

「そうね。そろそろおとなしくして、〝資産状況〟を分析しないとね」

「今回は立て替えておいた」ソフィーがいった。「悪趣味なハリウッド・ヒルズの賃貸住宅に全機能を集約した指令センターを用意した。ゲーテッド・コミュニティ（壁や塀で囲まれ、警備員が常駐する高級住宅地）。ＦＢＩにも嗅ぎまわれないし、嗅ぎまわっても、監視や盗聴することはできない」

「いくら立て替えたの？」

「知らないほうがいいわ。でも、今度にかぎっては必要な経費よ」

ハーロウは追加の経費に思わず顔をしかめた。自分だけではなく、パートナーたちにまで払わせてしまう経費に。デッカーの大義のためなら、喜んで持ち金をすべてつぎ込む。彼女の使命とも完全に一致しているのだから。デッカーを陥れたからくりが解明できれば、ハーロウの会社がどんなに頑張ってもおよばないくらい、人身売買産業を際限なく増大させている組織的腐敗を白日の下にさらすことができるかもしれない。

イージス・グローバルとメガン・スティールの悲劇、さらにはブラトヴァの人身売買のネットワークとのつながりをあぶり出すことができれば、政府も動かざるを得なくなる。スティール上院議員も必ず全力で取り組む。

ハーロウのパートナーたちも同じ気持ちだった。〝デッカー事態〟に全集中し、会社のかなりの資源を費やすことに同意しているが、会社が負う経費や今後の負債は、短期間で幾何学的に増大していた。

「あなたはそれでいいの？」ハーロウはいった。

「なにが？」ソフィーはいい、前部席のあいだからうしろのハーロウをちらりと見た。

「デッカー事態はどんどん拡大していて、〝賭け金〟も大きくなっている」ハーロウはいった。「だから……なんていうか」

「わたしたちはみんな、デッカー事態に百パーセント協力する」

「ちょっといってみただけ。会社が内側から壊れるかもしれないじゃない」ハーロウはいった。「派手に」

になっても」

「わたしは気にしない。刑務所に行くことになってもかまわない。もっとひどいことになっても」

「〝もっとひどい〟方に向かってるわよ」ハーロウはいった。「今日起こったことを考えると、みんなを集めて、どこまでかかわるつもりかたしかめたほうがいいと思う」

「わたしについては心配ご無用」ソフィーがいった。「最後まで付き合う」

「だれかを心配してるわけじゃない」ハーロウはいった。「フェアに進めたいだけ。会社をここまでにするまで、みんな死ぬほど頑張ってきたから。この件をこのまま押し進めたら、すべてが台無しになるかもしれない。もう手遅れかもしれないけど。FBIだってこの件ではわたしたちを見逃してはくれない。ソルンツェフスカヤ・ブラトヴァも。いずれわたしたちの関与に気づく。それにイージスもある。すでにわたしのアパートメントは荒らされた。ほかのメンバーの家が荒らされるのも時間の問題よ」

「新しいアパートメントならいつだって手に入れられる」ソフィーがいった。「こんなチャンスは二度と来ない。人身売買業者に大きな一撃を喰らわせる絶好のチャンスだもの」

「一撃なら毎日喰らわせている。それだってたいしたことよ」

「わかってる。でも、考えてみて。どこかの気色悪いくそ野郎がアメリカ上院議員のティーンエイジの娘を拉致し、ロシア人に引き渡して、苛性アルカリ溶液の樽《たる》に沈めて溶かしてもらおうとしたのよ。ところが、不埒《ふらち》なロシア人はあとで取り引き材料になるかもしれないと思って、その子を生かしていた。それを知ったくそ野郎は怒り狂い、すべてを隠蔽《いんぺい》するためにいくつかの州をまたいで大量殺人を実行した」

「いかれてるわね」ハーロウはいい、殺された家族たちを思った。

「そこがこの件のほんとうに厄介な点なのよ。人によってはいかれてると思わない。問題を解決する最善策だと思う人さえいる――それってとんでもなく大きな問題よね」

「あなたがそれをいうなんて不思議ね」ハーロウはいった。「わたしはずっとヘメットで起きたことばかり考えてきた――スティールの悲劇の最終場面のことばかり。でも、ブラトヴァはスティールの娘を誘拐していない、とペンキンはいっていた。それを信じるとすれば、振り出しに戻るしかない。ロシア人が誘拐していないなら、いったいだれがしたの？　なんのために？　わたしたちはそういう問いの答えを探し出し、すべてを解明する。この悪夢にかかわったくそ野郎をひとり残らず消し去る」

「いいじゃない」ソフィーがいった。

「わたしもそう思う」

「だったら、デッカーを操りながら、大きな視野で進めましょう」ソフィーがいった。「深く掘り下げるための道具も人材もそろってる。それを存分に使うべきよ」

「みんなの同意が得られてからね」

「たしかに」ソフィーがいい、ルームミラーの角度を直した。「もう起き上がっても大丈夫よ。センチュリー・ブルヴァードに入るところよ。お望みなら、カジノを過ぎてすぐにイン・アンド・アウト・バーガーがあるけど」

ハーロウは身を起こし、リフトゲートウインドウ越しに外を見たが、疑わしいものは見えなかった。

「とってもお望みよ」

29

デッカーはスモークガラス・ウインドウのミニバンの二列目に座り、頭のなかで車を乗り換えたときのことを再現していた。またもハーロウの手柄を認めないわけにはいかない。完璧な動きだった。ハーロウの車の助手席に座っていたと思ったら、次の瞬間には路面に引っ張り出された。丸刈りでまったく同じ服を着た男がこのバンに乗れといい残して、ハーロウの車に飛び乗った。

ミニバンの自動スライディングドアがすでに閉まりはじめていたから、デッカーは真ん中とまえの席のあいだのフロアに飛び込むしかなかった。車から車への乗り換えにかかった時間は全部で二秒もなかった。食料品を運ぶトラックがうしろのＦＢＩ車両からの視界を遮っていた。トラックが突然現れたのが偶然でないのは明らかだった。

「目的地に着くまでおれは子供のようにここに座ってないといけないのか？」

「ロサンゼルス大都市圏を出る必要がある」運転手がいった。「道路監視カメラに顔を写されたくなければ」

「なるほど」デッカーはいった。運転手がアレス・アヴィエーションの一件でニアミスした女だと気づいた。「ケイティ。だろ？」

運転手が答えなかったので、デッカーは続けた。いずれ黙れといわれるだろうと思いつつ。「どこまでおれを連れていく？」

「あなたには知る必要のあることだけを知らせることになっている、とハーロウにいわれている」

「きっと、知る必要のあることなど一切ないともいわれているんだろうな？」

「いまは寛大な気分だから教えてあげるけど、あなたが知る必要があるのは、これからわたしがあなたをラスヴェガスへ連れていき、人目につかないシラミのたかったモーテルにチェックインさせて、ひと晩泊まってもらうということ」ケイティがいった。「わたしたちが顔を合わせるのは、それで最後になってほしいものだけど」

デッカーは笑った。

「そうやってるとおもしろいの？」

「いや。そんなことはない」デッカーはいったが、噴き出すのをこらえるのがきつかった。

　これから四時間も黙って車に乗り、シラミのたかったモーテルにひと晩泊まるわけだ。

「きみのいう寛大さに気圧《けお》されただけだ」デッカーはいった。

「こうするのは、わたしの意向というわけでもない」彼女がいった。

「わかるよ」デッカーはいった。「すまない。なぜかおかしくなった。長い二日間だったから」

　バンは速度をゆるめ、信号で停まった。少しして車が発進すると、交差点の街灯のオレンジ色の光が一瞬車内にあふれ、無言の輝きのなかで彼女の横顔が見えた。右頬全体に深い傷跡が走っている。

　ハーロウと同じく、人身売買の犠牲者なのだろうかと思った。それだから、というわけではない。彼女の献身と能力は明らかにハーロウにも引けを取らない。ここにも、まったく知らない人だというのに、デッカーのためにすべてをなげうってくれる人がいる。

「おれのためにいろいろしてくれて、心から礼をいう。ハーロウのためか。話したくないなら、話さなくていい」

「一時間に二分ぐらいなら時間を割いてもいいわ」ケイティはそっけなくいった。

ユーモアのセンスは持ち合わせているわけだ。

「最初の一時間は二分で、その後は一時間ごとに二分ずつ増やしてもらえないか？　長旅だし」

「わたしの耳がもげるくらいしゃべられたらよけいに長くなる」ケイティがいった。

「口やかましくはしない。約束する」

「どうかしらね」

「おれはいつになったら、大人といっしょに座れるんだ？」

「エンジェルス国有林まではだめね——混み具合にもよるけど、あと一時間半てとこ」

「わかった」デッカーはいった。「ハーロウと話したいんだが、電話はないか？　おれの二分が切れたときに時間をつぶせるだろ」

「ハーロウは空港で手が離せない」

「ターミナルに向かったら、つかまるはずだ」

「ハーロウには手出しできない。あなたが消えたとわかったらなおのこと」

「しばらく彼らを引き連れて街をドライブすればいいじゃないか？　先方が付き合い切れなくなるまで」

「第一に、彼らの目をわたしたちから引き離すため。第二に、ほんとうにある人を空港で出迎えるから」

「ほんとか。空港に用事があったのか?」

「そう。ミネアポリスから戻ってくる仲間の出迎え」

「ミネアポリス」デッカーはぼそりといった。重たいものが腹に落ちていった。

「どうかした?」

デッカーは首を振り、頭のもやもやを払おうとした。「両親がミネアポリスの外れに住んでいる。気がかりだった。標的にされるかも——」

「いまはカナダにいるわ」

「なんだって?」

「うちのチームがご両親に付き添って国境を越え、スペリオル湖近くの人里離れたところに連れていった」ケイティがいった。「娘さんと義理のお姉さんの家族ももうすぐ合流する。大きな家だから」

「待ってくれ。なんだって? ハーロウはもうそこまで手を回したのか?」

「あなたがロサンゼルスのメトロポリタン拘留センターに移送されたすぐあと、ハーロウは計画を開始した」

腹にのしかかっていた重たいものが、ぱっと消えてなくなった。ハーロウには驚きだ。

「おれの娘の居場所を知っているのか？」

数分まえ、車のなかでハーロウに訊きたかったことだが、時間切れで訊きそびれていた。ライリーと連絡をとらなければ。すまないと思っていること、こうなってしまったのは自分のせいではないことを伝えるために。責めを負うべき連中には命をもって償わせるつもりだと。

「いまの質問は忘れてくれ」デッカーはいった。「答えてくれないことはわかっている」

「どっちみち、わたしは娘さんが行く場所は知らない」ケイティがいった。「ハーロウが空港で出迎える人だけが知っている。そういう情報は細分化して複数人で管理している。そうしておけば、顧客が危険にさらされるリスクが低くなる。まあ、知っても教えないけど」

「教えてもらったら、すぐにこの車から逃げるからな」デッカーはいった。

「やっぱりね」

「教えてもらえなくても、逃げるかもしれないぜ」

「それはどうかしら」ケイティがいった。

「家族を同じ場所に移してくれるのはありがたい。礼をいうよ」デッカーはいった。

「こんなことになって不安がっているだろうから。おれはますます嫌われる。これ以上嫌いになりようがないかもしれないが」

「嫌ってなんかないでしょ」

「両親はそうだろうが、ライリーと妻の家族は？」デッカーはそこでいいよどんだ。

「義理の姉には、ほかのみんなといっしょにおれも死ねばよかったといわれた」

「気の毒に」ケイティがいった。「奥さんのご家族はあなたのご両親とうまくやれるの？　別々のところに連れていくこともできるけど」

「義理の姉にいわれたことは両親には話していない」デッカーはいった。「それに、おれを嫌っているにしても、ライリーを連れてよく両親のところへ行ってくれている。悪い気持ちはない」

バンはスピードをゆるめ、無限に続くかと思われる車列のうしろについた。ロサンゼルスにはいいところもたくさんあるが、道路状況のひどさがそのほとんどを打ち消している。

デッカーはまえの座席のあいだの青い小型アイスボックスに気づいた。「アイスボックスにはなにが入っている？　飲めそうなのはあるか？」

「ダイエットコークなら」ケイティが答えた。

「まいったな」デッカーはぼそりといった。

「冗談よ。ぜんぶミネラルウォーター。わたしはああいうケミカルがごってりはいったものは飲まない」ケイティはいった。「ハーロウにそういえっていわれただけ」

「まったく最高だぜ」デッカーはぼやいた。

30

デッカーのまぶたがひくついた。目をあけると、聞いたこともないモーテル・チェーンの一部消えているネオンサインが見えた。ホテルのすすけた看板やカーディーラーの薄汚れた広告板が、広大な大通りをどこまでも縁取っている。ネオンサインやナトリウム灯の街灯が安っぽい光を投げかけているものの、その八レーンからなる大通りにはまるで生気が感じられなかった。それどころか——すべてのものから生気を吸い取るばかりで、なんら実を結ばない場所にすら思える。目にした光景が気に入らず、デッカーは目を閉じた。肩を肘でつつかれ、それほど簡単に逃避できないことがわかっただけだった。

「起きなさい、デッカー」ケイティがいった。まったく疲れていないような声だった。「豪勢な宿が待ってる」

デッカーは顔をこすった。「ここならだれにも見つからないだろうな。それはわかる」

「そこが大切だから。部屋は一週間分現金でまえ払い」

「プールは?」デッカーは訊いた。

「悪いわね。プールはなし。ここは週単位か時間単位で部屋を貸すところよ。休暇を過ごしに来る人はあまりいない」

「ここはどこだ?」

「フレモント・ストリート」ケイティがいい、ミニバンをUターンさせた。

ターンして少し車を走らせ、ほとんど照明のついていないラッキー《LUCKY》・サス《SASS》・モーテ《MOTE》ル《L》の駐車場に入った。ただ、ネオンサインのLとSの字は電気が消えている。

「きしょ《UCKY》いケツ《ASS》?」デッカーはいった。

やっと、ケイティが本物の笑い声をあげた。

「ぴったりの名前だ」デッカーはいった。

「刑務所よりましよ」

「どうだか」

駐車場には車が三台停まっていた。比較的新しく見えるSUVと、修理工に頼まなければエンジンもかけられそうにないおんぼろのセダンが二台。ケイティはSUVの隣に車を停め、メッセージを送信した。数秒後、SUVの目のまえの部屋のドアがあいた。薄緑色の光が駐車場にこぼれたが、ブロンドの巻き毛を肩まで伸ばし、洗練された服を着た長身の女性に一部さえぎられた。このモーテルにこれほどそぐわない女もいないだろう。

「おりるわよ」ケイティがいった。

デッカーは車のドアをあけ、ひび割れたアスファルトの上に足を踏み出した。不意に、ヘメットの駐車場が脳裏をよぎったが、ここのほうがひどかった。ケイティは、デッカーの破滅の舞台となった場所よりもさらにひどいモーテルを見つけてくれたわけだ。

そこまでひどいはずはないだろうと思いかけたとき、すえた煙草とパインソル洗剤の入り混じったにおいがかすかに漂ってきて、そんな思いを打ち消した。ケイティが後部リフトゲートをあけているとき、デッカーはモーテルのようすを見た。だが、その女性の足元のコンクリートの割れ目から生えている高さ三十センチほどの雑草から先には、目を向けられなかった。

「見た目ほどひどくないのよ。わたしが知るかぎり、ゴキブリも出ないし」ドアから出てきた女性がいった。「わたしはサンドラ。会えてうれしいわ、デッカー」

デッカーはドアのところへ行って女と握手した。「こちらこそ。ただ、ゴキブリが出ないという見立ては聞かなかったことにする」

「朝になればわかるわ」サンドラがいった。

「さっさと済ませましょう」ケイティがいった。「ロサンゼルスへの帰り道も長いし」

「アッキー・アスでひと晩泊まらないのか？」デッカーは肩越しにケイティに目を向けて訊いた。

「悪いわね。ほかで仕事がある」ケイティがいった。「さあ。はじめるわよ」

サンドラがくすくすと笑い、じめじめした部屋に引っ込んだ。デッカーもなかに入り、すぐさま眉間に皺を寄せた。

「くさいな」デッカーはいった。

「どこもにおいぐらいある」ケイティはそういってデッカーの横をすり抜け、くぼみのあるベッドのひとつに黒いダッフルバッグを放った。「たいていはものすごいにおいがする。ここはそこまでひどくないわ、サンディ・ベイビー（二〇一二年にスーパーストーム・サンディが米東海岸を襲ったとき、多くの夫婦が子供を先に避難させてふたりきりで夜を過ごすことになった結果、生まれてきた子供）」

「ありがと、ケイティちゃん」サンドラがすばやくケイティをハグし、ドアを閉めた。

ケイティはダッフルバッグのジッパーをあけ、中身をベッドの上に出しはじめた。

最初に出てきたのは、デッカーの〝ギャップ・ダッド〟（ギャップが発売する〝DAD〟のロゴが入った服）ルックを補完するふた組みの服とグレーのハイキングシューズ。この部屋を出るときには、いま履いている重いブーツをこのシューズに履き替えよう。次に、何枚かのグレーのブリーフとグレーのソックス、それに合うアンダーシャツが出てきた。小さな洗面セットと白いタオル一式がそこに加わった。用意周到だ。

「このモーテルにタオルはないのか？」デッカーはいった。

「使いたいようなものはないわね」サンドラがいった。

「安いシーツもつけておいた」ケイティがいった。「これを――そこの――現存するリネンの上に敷いたほうがいいかもしれない」

デッカーはベッドに不安のまなざしを向け、顔をしかめた。これまでも穴倉のようなところで寝たことはあったが、ここで寝るのかと思うとほんとうに心配になった。

「さて、次はお楽しみ」ケイティが秘匿携帯用《コンシールド》ホルスターと頑丈な茶色のベルトをとり出した。

「それはゴキブリ退治用か？」デッカーはいった。

ケイティはホルスターから拳銃を抜き、スライドを引いて放した。

「ＳＩＧ Ｐ３２０コンパクト、九ミリ口径。新品。足はつかない」

「ハーロウが気を利かせてくれたのか」デッカーはいった。

「ハーロウはこのことを知らない」ケイティがいい、サンドラに目を向けた。「いわないでね」

サンドラが肩をすくめた。「わたしはなにも見てない」

ケイティが装塡《そうてん》していない拳銃をタオルの上に置いた。銃弾の入った弾倉五つ、ナイフ二本——硬質プラスティックのシースに入った固定刃《フィクスト・ブレード》のナイフと秘匿携帯《コンシールド》が容易な折りたたみ式ナイフ——も、その横に置いた。

「念のため」ケイティがいった。

「こういうものが役立つときが必ずくる」デッカーはいった。

「こうしたことを後悔させないで。ハーロウは武器はなしといっていたんだから」

「そうか、まじめなんだな？」

「いまの時点では、自分にかけられる〝殺人の共犯〟容疑の数を十個以下に抑えようとしているだけだと思うけど」

「おもしろい」デッカーはいった。「そのお楽しみのプレゼント袋には、ほかになにが入っているんだ？」

「お金」ケイティが分厚い封筒を放ってよこした。

二十ドル札の束を親指でぱらぱらめくりながら、デッカーはその〝恵み〟に胸が騒いだ。「大金だ。こんなことまで――」

「五千ドル入ってる」

「そんな大金は受けとれない」

「こっちも持ち帰るつもりはない。お望みなら、高利で貸してもいいけど」

「こんな大金を借りて、どうやって返せばいいかわからない」デッカーはいった。

「おれにとってはおそらく片道の旅になる」

気まずい空気が漂うなか、ケイティは立ったままデッカーをにらんでいた。サンドラは部屋を細かくたしかめていた。

「あなたがそんなことをいったとは、ハーロウにはいわない」ケイティはいい、ダッフルバッグに残っていたものをベッドの上に出した。「わたしたちは返してもらおうとは思っていない」

しみのついた掛けぶとんに積まれた小さな山のなかには、身分証とクレジットカードの入った財布、アメリカのパスポート、衛星電話があった。どうして携帯電話を持たせてくれないのかとは訊くまでもなかった。イージスとFBIに追われているのだから、国内情報機関がデッカーを探そうと動いている可能性は大いにある。

「衛星電話に使うノートパソコンとデータ転送通信装置を買えばいい」ケイティがいった。「あなたがどんなシステムを使いたいかわからなかったから」

「歩ける距離にベスト・バイ（アメリカの家電量販店）はないか？」

サンドラがキーの束を投げてよこし、デッカーはそれを顔の数センチまえでキャッチした。「外のSUVは三週間借りている。運転手の登録名はあなたじゃないから、気をつけて運転して」

「おれはなんて名前なんだ？」デッカーはいい、財布をとり出した。

「レイモンド・ジェイムズ」ケイティが答えた。「長年のネヴァダ州民。アメリカ国民。その身分証は一級品。クレジットカードもあるから、さらに二万ドル分の買い物ができる。賢く使いなさい。わかってるでしょうけど」

「〝返してもらおうとは思っていない〟とはどういう意味だ？」デッカーはいった。

「さっきいったもうひとつのこと、〝ハーロウにはいわない〟ってことも」

　ケイティはしばらく困惑したような表情を浮かべてデッカーを見たが、やがてゆっくりとうなずいた。そういうことかというような笑みが顔に広がった。「わたしたちはハーロウのパートナー」ケイティがいった。

「完全なパートナーなのか？」

それまで、デッカーはケイティたちがハーロウに雇われているものと思っていた。

「わたし、サンディ、ハーロウ。ほかにも何人か」ケイティがいった。「その数人が中核となるパートナー。各自が専門分野を担当している」

「へえ」デッカーはいった。「きみの専門は?」

「わからないの?」ケイティがいった。

デッカーは肩をすくめた。「おれのケツを救うことか?」

ケイティが噴いた。

「〝汚れ仕事全般〟も付け加えようとしたんだが、それについてはきみら全員、きわめて優秀だという印象だから」デッカーはいった。

「現場での秘密作戦。水面下の活動」ケイティがいった。「この傷痕のせいで、わたしがどれほど人目につかないか、びっくりよ」

「爆破の破片か?」デッカーはいった。元軍人だろうと思った。

「ペンキンのところのごろつきにやられた」ケイティがいった。「九年まえ、大学を離れて妹を探しにロサンゼルスにきた。一カ月入院させられた。当時はずいぶんと世間知らずだった」

ケイティの顔にはなんの感情も表れていなかったが、デッカーはそれを感じとった。それどころか、その重たい感覚はよく知っている。

「妹さんは見つかったのか?」デッカーはいった。答えはわかっていた。

「いったとおり、当時のわたしはずいぶんと世間知らずだった」そういうと、ケイティはサンドラのほうを振り返った。「そろそろ出ないと」

サンドラはうなずいてドアをあけた。

「きみの専門は?」とデッカーは訊いた。

「人をかくまうことよ」サンドラがいい、いたずらっぽい笑みを浮かべて、夜に踏み出した。

「ちょっと待ってくれ。サンドラが手を貸してくれたのか、おれの――」

「娘さんは無事よ、デッカー」ケイティがいった。「いちばん信頼の厚い外部チームに依頼している」

「ありがとう」デッカーはいった。「いろいろと。この恩をどう返していいかわからないよ」

「とりあえず――殺されないようにして」ケイティがいった。

「やれるだけやってみる」デッカーはいい、なにも置いていないほうのベッドに腰かけた。

「その電話の電源は切らないで。連絡する」ケイティがいった。

「〝連絡してくるな。連絡はこっちから〟だろ」デッカーはいった。

「またあとで、デッカー」ケイティはいい、部屋を出てドアを閉めた。

「待ちきれないぜ」デッカーはつぶやき、あおむけに寝転んだ。

しばらくそのまま横たわっていると、上掛けの異臭が鼻全体に広がった。白カビと大型ゴミ収集ボックスのにおいが入り混じったえげつないにおい。翌日あたりはどこへ行こうともこのにおいにつきまとわれるだろう。デッカーは起き上がってドアをしっかり閉め、デッドボルトとドアガードをかけた。気づかないわけにはいかない。この三十年のあいだにこの部屋で取り換えられたものがあるとすれば、このドアロックだけのようだ。

すばやく窓に目を向けると、防犯用の鉄格子がとりつけられたばかりだとわかった。すばらしいかぎりだぜ。寝るときには、感染を避けるためにベッドの上に浮遊するだけでなく、夜中にメタンフェタミンのカネほしさに強盗に遭わないように、片目をあけている必要もありそうだ。エアコンだけは効いている。なんとなく。がたごとと苦しげな音を立てている装置に、あまり期待するわけにもいかないが。

シャワーを浴びるかどうか迷ったが、たとえドアロックが頑丈でも、夜のこの時間に浴びるのはまずいと思い直した。眠るのもおそらく名案とはいえないが、実際には迷うまでもなかった。デッカーはふたつのベッドを見比べ、窓とドアから遠いほうのベッドを選んだ。衛星電話と装塡済みの拳銃とベッドシーツをのぞいて、持ち物をすべてダッフルバッグに詰めた。

五分後、拳銃と電源を入れたままの衛星電話をナイトスタンドに置き、照明を消すと、深夜のフレモント・ストリートを行き交う車の音に耳を澄ました。日に焼かれた大型ゴミ収集ボックスのにおいがシーツから染み出していたが、それほどきつくなかった。ベッドにひそむダニに手や顔を嚙《か》まれて目を覚ますこともないような気がする。気がするだけだが。

31

リーヴズは妻のクレアを起こさないように毛布をそっと持ち上げ、ベッドから出た。午前五時十六分。妻はふつう、子供たちが家のなかを歩き回る六時までは起きない。昨晩は午前零時過ぎに静かにベッドルームへ向かおうとしたが、床に放置されていたバービー・ドリーム・キャンピングカーのおかげで無残に失敗した。FBIで二十三年ものあいだ銀行強盗や国内テロリストやギャングを追ってきたというのに、彼の身の安全にとっての最大の脅威は、相変わらず娘たちのおもちゃだった。

きしむマットレスから身を起こしたとき、妻が上掛けの下でもぞもぞした。寝返りを打ったときにはなにかいわれるのかと思ったが、そのまま眠りに戻った。もう少しいっしょに寝ていたいと思いつつ、リーヴズはその穏やかな寝顔をしばらくめでたが、すでにすっかり目が覚めて一時間近く経っており、頭はデッカーの件でいっぱいだった。

廊下の常夜灯のかすかな明かりを頼りに、裸足でカーペットの上を歩いたが、部屋に散らばっていた鋭いプラスティックの危険物で、片づけそびれたものがあることを、痛みとともに思い出した。ベッドルームのドアまでどうにか到達すると、廊下へ出て静かにドアを閉めた。

グラス一杯の水と、あと五分で淹れ立てのコーヒーが飲めるという期待で武装し、ホームオフィスへ向かった。クレアのホームオフィスへ。リーヴズは妻のグラフィックデザインのスタジオに、ノートパソコンを充電するスペースをどうにか確保していた。スタジオに入ると、机のスタンドの明かりをつけ、妻の机の端からパソコンをとってきて、妻がデザインのアイデアを生み出すときに使っている座り心地のよい革のクラブチェアに座り込んだ。こんな朝は、椅子の魔法のご利益にあやかりたいものだ。

一分後には、ノートパソコンの指紋スキャナで認証を行い、リーヴズだけの使用に合わせて設定されているリモートアクセス・サーバーとの安全《セキュア》な接続を確立していた。すぐさまメールの受信箱をあけ、ＪＲＩＣ内にあるＦＢＩ連絡室からのメッセージを見つけた。

「さて、どうなった」リーヴズはいい、メールに埋め込まれたリンクをクリックした。

最初の情報はイージス・グローバルの子会社であるコンスタレーション・セキュリ

ティに最近雇われたばかりのリッチ・ハイドについてだった。ＳＥＡＬｓに十年いて二等兵曹として除隊。イラクに三度派遣。アフガニスタンに二度。青銅星章《ブロンズスターメダル》を二度受章。いずれも戦闘における勇猛果敢さや英雄的行為を称《たた》える〝Ｖ〟の字が付与されている。そのほかに十余りの勲章を受章。名誉除隊。海軍時代の勤怠に問題はなし。そう考えると、人目につかない立体駐車場の階段で殺されたことが、よけいに奇妙に思える。

右こめかみにふたつ並んだ銃創と反対側に大きくあいた射出口があり、遺体のそばに出所不明の拳銃が落ちていた。ブラトヴァの殺し屋がもっていそうな小火器だ。精巧なワイヤレス通信機器があったことから、単独行動ではなかったと思われる。また、なにがあったにせよ、ハイドのチームには現場を片づける時間はなかったのだろう。

コンスタレーション・セキュリティのほかにも、フリーランスとして活動していたのか？　コンスタレーション・セキュリティがアメリカで活動する理由は、デッカー絡みとしか思えない。だが、なぜコンスタレーションやイージスがデッカーに関心を持つ？

リーヴズは首を振った。デッカーを逃すわけにはいかない。デッカーはこの男たちを雇って自分を刑務所から出させ、その後、ショッピングプラザでハーロウ・マッケンジーの協力を得て、彼らを裏切った。リーヴズはそう考えていた。だが、FBIが捜査の手を伸ばしているというのに、なぜマッケンジーはデッカーを助け、捜査を妨害し続ける？　ちがう。ジャパニーズ・ヴィレッジ・プラザの一件はごたごたしすぎていたし、展開が急すぎた。リーヴズはさらに一、二分、ハイドの資料に目を通したが、役立つ情報はなにも得られなかった。

ガンサー・ロスのファイルも現状に光を投げかけてはくれなかった。デッカーから聞いたことがいくらか確認できただけだ。プロフィールにはCIAにいたとは記されていないが、この手のファイルは何度も見たことがあり、CIAのにおいが漂っていればわかる。FBIが〝実体のない会社〟とみなす製薬会社で、国際営業部長として十五年の勤務などしていないのはたしかだ。アルコ・ファーマシューティカルズとい（う）その製薬会社を調査しなくても、リンク切れのないウェブサイトとヴァージニア州のコールセンターに転送される電話システムの先はなにもないのは明白だ。

アルコ・ファーマシューティカルズ退社後のロスの経歴は、さらにはっきりしなくなる。明確な住所も、納税記録もない。アメリカのどこかに根を下ろしたという記録もなければ、アメリカのパスポートをのぞくと、現状、故国とのつながりを示すものもない。

思うに、租税回避国で銀行口座を開設したり、国税庁《IRS》に目をつけられることなく資金を移動できるように、ロスは海外にあるあやしいコネクション・ネットワークを使って、ほかにもいくつかのパスポートを入手しているのだろう。

いくら掘っても、この元ＣＩＡエージェントについての有益な情報を掘り起こすことはできそうもなかったが、知る必要のあることはすべてわかった。デッカーのいんちきの釈放と同時期に、ロスがロサンゼルスにいたのは偶然ではない。どれだけの時間とエネルギーを費やして、ふたりの関係を調べたいのか？　それが自分でもよくわからなかった。

リーヴズがノートパソコンの画面から目を上げると、妻がオフィスの入口にいるのに気づいた。湯気の立つコーヒーカップをふたつ持っている。

「今日は早く出かけるような気がして、子供たちが起き出すまえに少しいっしょにいられるかと思ったの」クレアがいった。「でも、考えごとの邪魔はしたくはない。しばらくすごく険しい顔をしてたから」

「いや。大丈夫だ」リーヴズはいい、入ってくれと腕を振って合図した。「さっき目が覚めて、もやもやしていた。だから、起きてしまったほうがいいと思った」

クレアはマグカップのひとつをリーヴズに手渡し、机のまえの椅子に座り、椅子を回転させて夫と向き合った。狭い部屋で、足の指が触れ合った。

「ペンキンのこと？」クレアが訊いた。

「ペンキンのこと、それからペンキンにゆるくかかわることも少し」リーヴズは熱いコーヒーをひとくち、恐る恐る飲んだ。「ゆるいかかわりじゃないかもしれないが。このあいだデッカーが釈放された」

「仮釈放まで少なくともあと四年はかかると思っていたけど」

「それがなぜか、二日まえに自由の身となり、メトロポリタン拘留センターから出てきたわけだ」リーヴズはいった。「釈放された経緯を連邦刑務所局が調べるまで、デッカーから目を離さないでいるつもりだ」

「釈放の経緯がわからないの？」

「経緯はわかっている。ただ、書類やコンピュータの記録に不備を見つけられないのさ」リーヴズはいった。「刑務所長も連邦刑務所局の局長もなじり合いに忙しすぎるようだ。早期釈放には両者のサインが必要だからな」

「笑える話ね」

「信じてくれ。とても笑えないよ」リーヴズはいい、濃いコーヒーをさっきより長く飲んだ。

「デッカーとのあいだに因縁があったのはわかるけど、囚人を追跡するのは連邦刑務所局の仕事じゃないの？　もしくは連邦保安官局の？」

「ふつうはそうだ。だが、ある上院議員がその囚人——とこっちのキャリア——にがっつり興味がある場合には、そのかぎりではない」

「誘拐事件の捜査とデッカーの公判のあいだ、あなたはスティール上院議員のために服務規定に定められている以上のことをしてきた」クレアがいった。「スティール上院議員だって、それ以上あなたに無理をさせられないはずよ」

「わかってるさ」リーヴズはいった。「ただ、デッカーが釈放されたとわかって、すぐに上院議員に連絡した。そうする義務がある気がした。なにしろ、よりによってロサンゼルスで釈放されたからな」

クレアがうなずいた。「だったら、デッカーをつかまえてヴィクターヴィルに戻すのね。そのあとどうするかは向こうにまかせればいい」

リーヴズは無精ひげの生えた顎をこすった。「デッカーは姿を消した。おれと少しばかりおしゃべりしたあとで」

「見つけたのにつかまえなかったの？」

「正確にいえば、デッカーを引っ張る理由がなかった」

「そうなの。だったら、しかたないじゃない。あなたの問題じゃない。まえへ進まなきゃ」クレアがいった。「どうせ、ロシア人の問題で手一杯でしょ。ペンキンが行方不明ならなおのこと」

リーヴズはコーヒーを長々と飲んでから答えた。「行方不明ではない。ペンキンは死んだ。デッカーの仕業じゃないか、とおれは踏んでいる。いまのは一般向けの発言じゃないが」

「もちろんよ」クレアがいった。「でもやっぱり、あなたの問題じゃないわ」

「わかってる。ただ、やり残したことがないか目を配っているだけだ。おれがデッカーを見つけたら、それにこしたことはないし」

「不安そうな顔をしてるわよ」クレアがいった。「昨晩もそんなだった。そんな顔を見るのははじめてよ、ジョーゼフ。だから、ちがうんだとか、疲れてるだけだなんていったりしてもむだ。デッカーに関して、ほんとうはどう思ってるの?」

「もう自分でもよくわからない」リーヴズはいった。「だから、不安を感じているんだろうな。昨日デッカーにいわれたことが、どうしても頭から振り払えない」

「それってゲームの流れを大きく変えるようなこと?」

「その可能性はある——その話のとおりなら」リーヴズはいった。

「デッカーにいわれたことを調査して、失うものでもあるの？」

「いや」

「答えは出たじゃない」クレアがいった。

リーヴズは椅子に座ったまま身を乗り出し、妻の手にキスをした。彼を待ち受ける今日という日をまえに、少しましな気分になった。

32

ハーロウは熱いコーヒーを飲みながら、無限に広がるかのように見える、きらきら光る青いプール越しに、遠くの屋根や木々が織りなすきれいな格子状の風景を見つめた。マルホランド・ドライブの数ブロック北のハリウッド・ヒルズの高台にあるその家からは、サン・フェルナンド・ヴァレーが一望できる。その道路の反対側に位置していたら、ウェスト・ハリウッドとビヴァリー・ヒルズが見下ろせていただろう。

この家にどのぐらいのお金がかかったのか、ハーロウはまだソフィーに尋ねていなかった。それでも、気持ちのいいところなのは認めるしかなかった。さわやかで明るい。渋滞、人ごみ、息苦しい気温が耐えがたい眼下の谷間とは正反対だ。高台の空気には高い値段がつくが、プライバシーや安全もついてくる。資金力がある三つの巨大組織に追われているとなれば、なんとしても手に入れたいものだ。

会社のパートナーたちがこの家から出る機会をなるべく減らし、どうしても出る必要が生じたら、能動的および受動的対監視テクニックを用いるかぎり、この閉鎖された家を拠点として、いつまでも業務をつづけられる。資金がつづくかぎり。ハーロウのパートナーたちは、今朝の短い会議で、これからもデッカーを支援するという点で意見が一致したが、この件があまりに長くかかるなら、その熱意は薄れるかもしれない。

この件に着手したときに、当時とりかかっていたほとんどの案件をあとにまわした。これからの数日、デッカーの件がどれだけ長びくにしろ、手元資金を切り崩すことになるだけでなく、通常の収入も得られなくなる。この家に閉じこもっているかぎり、取引先のためにできることはかぎられる。ハーロウはパートナーたちが手を引きはじめるまで一週間と見ており、時間はかなりかぎられていた。

ソフィーが隣に座り、目がくらむほど宝石のついた黒縁の眼鏡を鼻に押し上げ、搾《しぼ》りたてのオレンジジュースを飲んだ。「この眺めには慣れてもいいわ」

「わたしたちの価格帯からはちょっとはずれてるけどね」ハーロウは片眉を上げていった。

「今度のことが一週間以上続くようなら、そのときに場所の変更を考えればいいわ。いずれにしても、場所を変えつづけるのはいいことよ」

「ジェスが心配」ハーロウはいった。「裁判への出廷の予定が詰まってるし、FBIに尾行されているのはまちがいないし」

「ジェスは表立ったパートナーじゃないから、空港に都合よく到着してFBIに目をつけられたけれど、それ以上の危険にさらされることはない」ソフィーがいった。「都合のいい到着といっても、どの捜査官だって、結局ただの偶然だったと思うはず。なにしろ、ほんとにそうだし。帰りのチケットはほぼ二日まえに購入されたのよ」

「それより心配なのは、ロシア人とこのガンサー・ロスという男のこと」ハーロウはいった。「ジェスがうちの法律関係の仕事をたくさんしていることは、秘密でもなんでもない。空港での立ち回りが悪い連中に知られたら、そいつらが点と点を結び合わせるかもしれない。ジェスに警護をつけられたら、少しは安心できるんだけど。まわりにもはっきりわかるように。ジェスを拉致したがるような連中も、そう簡単にはいかないと思うだろうし」

「すぐに手配する」ソフィーがいった。「ほかになにか？」

「街にいる監視チームからの連絡を待って、作戦クルーがデッカーの役に立つ実用的な情報を掘り起こしてくれることを祈りましょう」

「ガンサー・ロスのあの協力者ね。でも、そんなまえに監視網から消えた人を見つけるには奇跡が必要よ」

「もしその人がほんとうに監視網からはずれていたならね」ハーロウはいった。「大きなもしよ。わたしならロサンゼルスで調査する方に賭ける。ガンサーの協力者を特定して見つけ出せれば、イージスとイージスを操っている人間までたどることができるはず。情報提供者が特定できれば、きっと全体像がはっきりすると思う」

「スティールの誘拐事件はいまだに解せないわ」ソフィーはいった。「はじめからスティールの娘を見つけさせるつもりがなかったのなら、誘拐した目的はなんだったの？」

「復讐？　わたしにはそれしか思いつかない」

「スティール上院議員に対して、手出しできない存在などないというまちがえようのないメッセージを送りたいと思った者がいる」

「そうだとしたら、しっかり伝わったわね」

「それから、イージスのこともある。ガンサー・ロスがいまもイージスのために働いているとしたら」ソフィーがいった。「スティールの誘拐にイージスが関与してるとデッカーがいっていたの？」

「いいえ。デッカーの知るかぎり、メガン・スティールを捜索していたのは、自分たちのほかにはＦＢＩだけだった」

「それで、ペンキンはほんとうのことをいったと思っているの？　なにをどう見ても、ロシア人たちがやったようにしか見えないのだけれど。わたしの容疑者リストでは最有力」

「都合が良すぎる」ハーロウはいった。「ペンキンがすべてほんとうのことをいったのかどうかはわからないけれど、ショッピングプラザでデッカーの命が狙われ、ガンサー・ロスがイージスの子会社のアレス・アヴィエーションに現れたことを考え合わせると、メガン・スティールの悲劇でなんらかの役割を演じた組織がもうひとつあった、とはいってよさそうね」

「それがイージスだとしたら、話がものすごく大きくなる」

「ものすごく大きなピンチになる」ハーロウはいった。「わたしたちみんなにとって。真実が明るみに出て、デッカーが汚名を返上できたとしても――みんな死の灰を浴びるかもしれない」

「そういうリスクはみんな承知してる」

「そうね。ただ、そんなリスクを引き込んでしまった責任を感じる」

「ハーロウ。わたしたちは生き残る。どんなに大きな爆弾が爆発しようとも」

「どでかい爆弾よ」ハーロウはいった。

「でかければでかいほどいいじゃない」ソフィーは脳裏に思い描いた光景にうなずきながら、そういった。「本物の変化を起こすためには必要なのよ」

ハーロウはこれまでとはちがう目でしばらく地平線を見渡した。ここから見える範囲内にほぼ百万もの人が暮らしている。かつかつで暮らしている人々から億万長者まで。ありとあらゆる人種。ありとあらゆる宗教。ありとあらゆる職業。想像し得るかぎり、人々の飽くなき欲望を満たす悪徳。想像を超えた悪徳がある。ハーロウたちが身を粉《こ》にして人身売買業者と戦っているのは、そういうところだ。果てしなく続き、勝つ見込みなどないように見える戦争——いままではそうだった。

ソフィーのいうとおりだということはわかっている。みんなわかっている。会社の通常業務も毎年、何百人という女性や子供たちを救うが、デッカーの一件は、何千人もの救済につながる変化になりうる。何万人かもしれない。イージスとソルンツェフスカヤ・ブラトヴァの汚いつながりを暴けば、政府も本気で動かざるを得なくなる。この国のほぼすべての議員がイージスのカネとつながっている。だからこそ、彼らも人身売買に反対する立場を強めなければ、死の灰から逃れられない。このチャンスだけはどうしてもものにしたい。しかも、そう思っているのはハーロウひとりではなさそうだ。

「なにもかも焼き尽くしてやりたい」ハーロウは眼下の谷をじっと見つめていった。「それでこそ、わたしが敬愛する野獣ハーロウ」

ハーロウは親友でもあり同僚でもあるソフィーに顔を向け、笑みを見せた。「いま、わたしのこと、野獣っていった？」

「いい意味でよ」

「だと思った」ハーロウはグラスを掲げた。

背後のスライドドアがレールを滑る音を立てた。指令センターの技術責任者であるジョシュア・ケラーがスレート敷きのパティオに出てきた。ジョシュアは強化チームを編成し、この家の広々としたマスター・ベッドルームを、複数のワークステーション、スタンドアローン・モニター、独立したコンピュータ・サーバー、さまざまなテクノロジー装置でほぼ埋め尽くしていた。キングサイズのベッドは片隅に押しやられ、箱やごみの借り置き場として使われている。マスター・ベッドルームを選んだのは、広大なスペースと外から見られないプライバシーがあるからだった。

「ミス・マッケンジー？」

ハーロウは立ち上がった。「どうしたの、ジョシュ？」

「ちょっといいにくいのだけど、デッカーのいっていたことは正しいと思う」ジョシュアがいった。「WRGの創立当初からのメンバーのひとりについて、死亡証明書が見つからない。家族の分も」

ハーロウはジョシュアに当惑の目を向けた。「まえにも調べたわよね?」

「だからいいにくいんだが。まえに、取得可能な公開情報をかき集め、さらにいくつか秘密情報にまで侵入して、嘘の証言をしたり作戦情報を漏らせる立場にあったすべてのWRGメンバーのデータを収集していたから」

「そうよね。それで、なにも見つからなかった」ハーロウはいった。「あなたのまとめた資料にはわたしも目を通したし、少しおかしいと思われるものについては、いっしょに調査した。でも、なにも出てこなかった」

「なかに来てほしい。集めたものを見てもらいたい」

ハーロウとソフィーはジョシュアのあとから、窓に囲まれた大きな部屋を通り抜け、マスター・ベッドルームへ続く廊下に出た。ベッドルームに着くと、雰囲気が一変した。六人のSCIFの技術担当が洞窟のような場所で激しく言葉を交わし、キーボードにせわしなく指を走らせ、ときどき離れた場所にいる相手と大声で会話している。ジョシュアとハーロウとソフィーが入っていっても、仕事から目を上げた者はいなかった。

ここでの作業に必要なデータは、敷地内の目立たない場所に置かれた六つのパラボラアンテナ経由で行き交う。そのアンテナとつながっている室内のルーターが、ワークステーションにデータを割り振る。ジョシュアは業務の指揮をとれるように、どのワークステーションにもワイヤレスでアクセスして、データを引っ張り出せる。

ハーロウは、ワークステーション奥の頑丈な可動式スタンドに載っている七十五インチ・フラットスクリーンLEDモニターのまえに行った。ハーロウとソフィーがおかしな位置に配置されたモニターに歩み寄る一方、ジョシュアはマウストレイのついた椅子をテレビの脇に引き寄せた。そして、キーボードをもってきて椅子に座った。

「ヘメットの作戦に直接かかわった内部の人間や作戦のために雇われた外部の人間に加え、WRGの主要なメンバー全員についての比較分析シートをまとめ、古いパラメーターを設定し、新しいものもいくつかやってみた。そのひとつが死亡証明書だ。見てくれ」

画面全体に名前と数字のデータベースが現れた。ジョシュアは画面をスクロールし、そこに並んでいるなかでもっとも目立つよう表示された名前のところまで行き、それが画面の中央に来るようにスクロールを止めた。

ハーロウはいった。「一年間の服役後、アイダホで家族とキャンプ中に失踪。犯罪に巻き込まれたと思われる。一家がキャンプしていた場所は荒らされていた。争った形跡があった。SUVはそのまま残されていた。最悪の事態が想定された。その情報が入って、わたしはすぐにこの名前をリストから削除した」

「そのとおり」ジョシュアがいった。「最悪の事態が想定されたのは、よくある光景だったからだ。WRGの大半の主要メンバーがそんな目に遭っていて、この男の場合は服役していたために時期がずれただけだと思われた。しかし、これは演出だと思う」

「死体が発見されていないから?」犯罪が疑われる現場で死体や血痕のような確実な証拠が見つからない場合には、管轄の検視官は、通常、一定期間が経過するまで死亡証明書の発行を保留する。保留が数年におよぶこともある。

「犯罪現場と懲役判決に疑問があります。しかも、公的なドメインには、釈放に関する書類は見あたらなかった」ジョシュアがいった。

「こうした慎重な対応を要する事件だと、連邦刑務所局《BOP》はその手の情報を明かさないことも考えられるけど」ハーロウはいった。

ジョシュアが首を振った。「私はそこの非開示データベースにアクセスしたかもしれないし、していないかもしれない。ほんのちょっとだけ。しかし、ブラッド・ピアースの情報は、当初公判を待つあいだメトロポリタン拘留センターに拘留されたというもの以外、ＢＯＰのシステムには見当たらなかった。公判が行われることもなかった」

「おもしろい」ハーロウはいった。

この情報をもとに、ハーロウはいちばんありそうなシナリオを脳裏に描いた。ＷＲＧの主要メンバーのひとりで、デッカーの戦術作戦チームの幹部ブラッド・ピアースが司法取引に応じ、デッカーとＷＲＧに対する連邦検事局の証人となったのか。ハーロウは首を振った。ちがう。ピアースがデッカーの公判に検察側の証人として出廷することはなかった。このシナリオではない。ピアースがなにに同意したにしても、連邦検事局はすべてを密閉して鍵をかけたあと、その鍵を投げ捨て、ピアースを放免した。ピアースは姿を消し、それから一年ほどかけて死んだと見せかける計画を立てた。そういったことに司法省がからむことはないから、失踪の仕上げはピアース自身によるものなのだろう。

「司法省の記録は？」ハーロウはいった。「ピアースがＦＢＩとどんな取り引きをしたのかはわからない？」

「連邦刑務所局の情報セキュリティは冗談みたいなものだった」ジョシュアはいっ

た。「司法省となると話は変わる。司法省のシステムへのハッキングには危険が伴う」

「この件では、わたしたちはすでにかなり目立ってしまった」ハーロウはソフィーのほうを振り返った。「司法省へのハッキングは必要ないと思う。ピアースの一件におかしなところがあるとわかっただけで、いまのところはよしとしましょう。デッカーに伝えて、どう思うか訊いてみる。ピアースを見つけ出す可能性は？」

「やってみる」ジョシュアが答えた。「たぶん無理だと思うけど」

「FBIもピアースの足取りに興味を示すでしょうね」ソフィーがいった。「ブラトヴァの件では、おそらくデッカーと同じぐらい重要な存在だったから」

「だからこそ、見つからないと思う」ジョシュアはいった。「データの隙間を読むかぎり、ピアースは連邦検事局と取り引きしたあと、だれにも消息をつかまれていないと思う。ただ、連邦検事局にはおそらくなにかを伝えている。でなければ、検事局が彼を一時的にではあっても自由の身にすることはないだろう。彼がしっかり姿を消し、足跡を隠せるという確証が必要だったはずだ」

「WRGのメンバーでほかに死を免れた人はいないの？」ハーロウはいった。

「いない。彼以外は全員の死亡証明書を確認した」ジョシュアがいった。「ロシア人はほんとうに皆殺しにした。彼らの公判が取り消されたことが残念でしかたない。やっとだれかがペンキンをあの世に送ったのはせめてもの救いだ」ソフィーとは目を合わせようとしなかった。

「まだ死体は発見されていないのよ」ハーロウはいった。

「あのクラブの惨状からして、ペンキンが組織を仕切る時代は——息をする時代も——終わった。ブラトヴァ内のライバルがそう考えるのも当然だろう」

「新しいボスによろしく」ソフィーがハーロウを見ながらいった。「昔のボスと同様に」

もうそんな挨拶《あいさつ》は必要ない。イージスとメガン・スティールの件のつながりを暴き、アメリカ政府に人身売買組織との戦いをはじめさせられたら。

（上巻終わり）

◉訳者紹介　熊谷千寿（くまがい・ちとし）
1968年宮城県生まれ。東京外国語大学卒業。英米文学翻訳家。ランキン『偽りの果実　警部補マルコム・フォックス』、ポロック『悪魔はいつもそこに』(以上、新潮社)、ビバリー『東の果て、夜へ』、イデ『IQ』『IQ2』、カー『ターミナル・リスト』(以上、早川書房)、アッカーマン＆スタヴリディス『2034　米中戦争』(二見書房)、ルッソ＆デゼンホール『最高の敵　冷戦最後のふたりのスパイ』、マン＆ガーディナー『ヒート2』(以上、ハーパーコリンズ・ジャパン)など、訳書多数。

救出（上）

発行日　2023年12月10日　初版第1刷発行

著　者　スティーヴン・コンコリー
訳　者　熊谷千寿

発行者　小池英彦
発行所　株式会社 扶桑社
〒105-8070
東京都港区芝浦1-1-1　浜松町ビルディング
電話　03-6368-8870(編集)
03-6368-8891(郵便室)
www.fusosha.co.jp

印刷・製本　図書印刷株式会社

定価はカバーに表示してあります。

ISBN 978-4-594-09254-2　C0197